U0500758

雅众
elegance

智性阅读
诗意创造

再度唤醒世界

赖特 SELECTED POEMS 诗选

by JAMES WRIGHT

［美］詹姆斯·赖特 著　［美］罗伯特·勃莱 安妮·赖特 编　厄土 译

北京联合出版公司
Beijing United Publishing Co.,Ltd.

雅众文化 出品

目 录

新 诗(出自《诗集》)

两位公民

散文片断(出自《在河上》)

致一棵开花的梨树

前 言

安妮・赖特

　　我想编一本詹姆斯的诗选已经很久了。于我而言，虽然诗全集《在河上》是本美丽的书，但它对初读者而言，太过大部头或令人不知所措了。一个可靠的选本，将会更便于携带，能被塞进旅行箱里或在床上翻阅它。它同样能充当詹姆斯诗歌的入门读物，激发读者更大的兴趣。

　　诗人罗伯特・勃莱[1]是我和詹姆斯的亲密挚友，同样有编詹姆斯诗选的想法。数年前，我们就商定一起来完成这项工作。

　　因为我不是诗人，之前也从没编过诗选，所以对于这项任务有多么艰巨，我之前一无所知。在我一本接一本地通读了詹姆斯的诗歌之后，我才透彻地领悟到，每册诗集是何其经纬绵密，精心排列的

1　罗伯特・勃莱（Robert Bly，1926—2021），战后最杰出的美国诗人、作家和翻译家之一，和詹姆斯・赖特是一生如影随形的挚友。20世纪50年代他创办的杂志《五十年代》(后改名为《六十年代》《七十年代》……) 在美国诗歌界具有划时代的重要影响。他还和赖特一起创立了"深度意象派"。(本书注释除特殊注明外，均为译注。)

诗篇又构成了何其牢不可破的模式。怪不得詹姆斯以前经常引用罗伯特·弗罗斯特（Robert Frost）的话说，如果你的一本诗集包含了二十四首诗，那么这本诗集本身就是第二十五首诗。

如果一本诗选要成形，就意味着每卷诗集的模式和节奏都要被侵犯。当我在《在河上》的诗篇里搜寻时，我经常感觉像是个神圣土地上的侵略者，尽管不喜欢这种感受，但我还是要说服自己做出选择。

挑选出以前备受欢迎的，或被家人和密友喜爱的诗歌并不困难，但是，剔除并拒绝那些于我个人有特殊意义的诗歌，确属艰难，有时甚至堪称痛苦。我常常要在脑海中提醒自己，这本选集必须如何整体呈现。

1967 年，我和詹姆斯相识并结婚时，他已经完成了诗集《我们能否在河边相聚》。这本诗集里的绝大多数作品，都是在我认识他之前写就的。他打印出了其中最新的一首：《走廊里的灯光》，从雷根特酒店——在纽约生活的早期岁月他都居住在那里——把它寄给了我。我曾把这首诗装进钱包随身携带，在上下班的公车上阅读它。于我而言，被詹姆斯后期的诗集吸引是很自然的事，尤其是那些他在我们 1970 年第一次欧洲旅行之后写就的作品。在那之后，他诗歌中的黑暗开始充满意大利和法兰西的光。正如我与詹姆斯的后期作品关系更加密切，罗伯特或许和他的前期作品更加关系密切，尤其是《树枝不会折断》。

诗人坎贝尔·麦格拉斯[1]在他的著作《道路地图册》里的《给詹姆斯·赖特的一封信》一文，表达了我对詹姆斯后期作品的感受：

……我如此喜爱这些后期诗歌，珍视它们有如圣物，一场艰难生命尽头的盛大绽放，就好似那棵年复一年、在俄亥俄的雨雪中赤裸矗立的梨树，自愿地，怒放了。

但我们并非树木，我们的绽放有赖于意志行为。

我钦佩的就是那行动的勇气，
那让你的技艺再造一新的意愿……
坚持的力量和改变的天分……

2000年春夏之间，在明尼苏达工作的罗伯特和在罗得岛的我，尝试把我们各自的选择融合在一起。在我们交换各自的八十首诗选名单后，我们发现其中只有四十四首是相同的。

1　坎贝尔·麦格拉斯（Campbell McGrath，1962— ），美国当代诗人，任教于佛罗里达国际大学。《道路地图册》（*Road Atlas*）为坎贝尔1999年出版的著作。

但我们很幸运。高尔韦·金内尔[1]，卓越的诗人和挚友，同意充当我们的顾问。罗伯特给了高尔韦我们商定一致的四十四首诗的名单，以及我们各自选择的其他诗歌名单。高尔韦以那四十四首诗为基础，通过我们的个人诗选标题清单，选定了一个包括七十二首诗的诗选版本。罗伯特和我又增添了其他十首诗，这本书就算成形了。

作为联合编者，能和罗伯特一起工作我深感幸运，对于我的想法和愿望，他总是很敏锐和体贴。我也非常感激高尔韦的智慧和慷慨拨冗。还有詹姆斯的传记作者乔纳森·布隆克（Jonathan Blunk），他花费了许多时间来校对和订正此前版本的错误，对此，我也深表感激。这是一项融洽而幸福的工作，贯穿着我想詹姆斯也会称赞和感激的精神。

我也非常钦佩那场名为"诗人之手"的手稿展，它由罗德尼·菲利普斯（Rodney Philips）策展，于1995年在位于第四十二大道的纽约公共图书馆展出。那场手稿展展出了一些詹姆斯的作品，在出版的同名书籍中，我发现了这些十分令人信服的话：

即使只是在精神上，赖特会时常重现
俄亥俄和他的童年，作为诗歌的主题和背

1　高尔韦·金内尔（Galway Kinnell, 1927—2014），美国著名诗人，1982年普利策诗歌奖得主，詹姆斯·赖特的挚友。

景……他的声音成为了这个时代最美好的
声音之一，他那伟大的主题是心灵的通道，
通向最深刻的内在意识，通向完美的顿悟
时刻，关乎纯粹的存在和纯粹的智慧。

在我编选这本书的过程中，我也确实感受到了
罗伯特和高尔韦对詹姆斯、詹姆斯诗歌及精神的尊敬
和爱，就好像詹姆斯本人和我们在一起一样。

代序：詹姆斯·赖特的明晰和铺张

罗伯特·勃莱

一[1]

在伟大诗人那里，我们经常能发现一种镇定、泰然自若的美，一种宁静和清晰。李白曾写道：

> 如果你问我，为何居住在青山中。
> 我会默默地笑，我的灵魂宁静。
> 盛开的桃花追随着流动的水，
> 在尘世之外，有另一片天地。[2]
>
> （罗伯特·白英[3]英译）

1　本文序号由译者添加，以便于阅读，原文无。

2　原文是罗伯特·白英英译的李白诗歌《山中问答》，此处为直译。李白原诗为："问余何意栖碧山，笑而不答心自闲。桃花流水窅然去，别有天地非人间。"

3　罗伯特·白英（Robert Payne，1911—1983），英国诗人、战地记者和报告文学作家，1941年12月至1946年8月期间到访中国，曾被西南联大聘为教授，教授英国文学。他于1947年在英国出版了《当代中国诗选》一书，同年又在美国出版了《白驹集：中国古今诗选》，选译的作品包括中国古典诗歌和现代诗歌，在英语文学界以及当时的中国文学界都产生了巨大影响。

这首诗相当剔透。在拉丁语中，这种品质被称为明晰（claritas）。在烦忧、疾病和贫穷还未降临的青春时期，去体味这明净的天空、揽之入怀、亲身感受它，实属美事；而后，黑暗时光将会来临。

在詹姆斯·赖特的早期诗歌中，我们会遇到一位明晰的大师。某种程度上，他是从老师约翰·克罗·兰色姆[1]那里习得这种品质的，兰色姆的散文和诗歌闪耀着始终如一且永不褪色的宁静。同样，赖特也从李白和白居易的诗歌中学习明晰，这些人的诗歌都被罗伯特·白英收录在了1947年出版的《白驹集》中。

赖特写过一首名为《去向墓园的三步》的诗，收录于他的第一部诗集。最后一节是这样的：

哦，如今，当我去到那里

毛莨，八角莲

模糊了灰色的池塘；

宁静的水边

田鼠踮起脚尖，

听空气吹响

长长的空心荆棘。

1　约翰·克罗·兰色姆（John Crowe Ransom，1888—1974），20世纪美国著名教育家、文学批评家、诗人，"新批评"派领军人物和奠基人之一。"新批评"派就得名于兰色姆的论文集《新批评》。兰色姆曾长期执教于凯尼恩学院，美国许多著名诗人如赖特、洛威尔等都曾受教于兰色姆门下。

我屈身俯向荆棘

但那儿并无吹息之物，

一天随之结束。

田鼠晃动，

像草，消失。

一位瘦削的老妪，

擦洗着一块墓石

在两棵树之间。

一些音符精心地（或许显得无意）重复着，这能够增强诗歌的透明度和自由感；在惠特曼的诗歌中，我们能经常感受到这些音符。

赖特借助精心挑选和重复的元音来加深诗歌的明晰度。在这首诗的最后一节，"oh"出现了十次，"ee"被重复了四次，"ay"三次，而"er"这个音素被重复了八次，诸如此类。当我们欣赏这首诗时，就像是在通过明亮的声音窗户眺望一片草甸。

明晰带来了一种内在的光辉。语言透明得就像池中的水，庄严、自内发光、通灵、不受干扰、使人出神入迷。胡安·拉蒙·希梅内斯[1]写道：

——我所衷情的唯有水，

1　胡安·拉蒙·希梅内斯（Juan Ramón Jiménez，1881—1958），西班牙诗人、散文家，1956 年诺贝尔文学奖得主。

它永远流逝，从不欺骗，

它永远流逝，从不改变，

它永远流逝，从无终了。

（詹姆斯·赖特英译）

希梅内斯一生都保持着这种光辉。白居易亦如是，华莱士·史蒂文斯[1]和维斯瓦娃·辛波丝卡[2]也忠于此。那些终生保持明晰的诗人，费德里科·加西亚·洛尔迦[3]欣喜地称他们为"天使"。

在1957年发表的《我祖母的魂灵》一诗中，赖特想象他祖母的鬼魂滑过一条浅河，并在一条小径上飘舞：

甚至，在她抵达那座空屋之前，

她便如此轻柔地拍动双翼，升起，

追随一只蜜蜂，那儿苹果花吹动如雪，

于是，她忘了为何要去向那里，

周围有太多花朵和绿光，无暇顾及其他，

她匆忙地来到大地上，滑落。

---

1 华莱士·史蒂文斯（Wallace Stevens, 1879—1955），被公认为20世纪最重要的美国诗人之一。
2 维斯瓦娃·辛波丝卡（Wislawa Szymborska, 1923—2012），波兰女作家、诗人，1996年荣获诺贝尔文学奖。
3 费德里科·加西亚·洛尔迦（Federico García Lorca, 1898—1936），20世纪最伟大的西班牙诗人之一，"二七年一代"的代表人物。

二

詹姆斯·赖特并没有终生都保持为一位"天使"，他的路径究竟是怎样的？他深吸一口气，下潜。

> 我名叫詹姆斯·阿灵顿·赖特，出生在
> 离这方不洁的坟墓二十五英里远的地方，
> 在俄亥俄的马丁斯费里，一位
> 黑兹尔–阿特拉斯玻璃厂的奴隶成了
> 我的父亲。

他提及的那方"不洁的坟墓"，是州政府埋葬谋杀犯乔治·多蒂（George Doty）的地方。赖特在《在被处决的谋杀犯墓旁》一诗中——收录于他 1959 年的诗集《圣犹大》——一直在困惑和表达困惑：作者强调他自己就是个骗子和一定程度上的疯子（"我狂奔如圣克莱尔疯人院 / 那个惶惑的疯子"）。我们可以说，这首诗开启了赖特写作的第二个阶段。他赞同自身的羞耻和罪恶。或许，"当所有人静静站立在 / 最后的海边"时，他的罪恶能够得到疗愈。他第一次为我们呈现出一种混杂了真诚、对抗和冒险的新奇感，这是他在许多新作品中的情绪。

秩序该被诅咒，我不想去死，

甚至也不想保证俄亥俄的贝莱尔，安全。

　　这种恐惧和悲伤的天启延续在他的数十首诗歌
中，包括诗集《树枝不会折断》——这个书名，当然，
暗示了它可能会折断。在送给我的这本诗集（《树枝
不会折断》）扉页，赖特写道："让我们期盼，珍贵
的草木真的会被发现。"

　　诗集《树枝不会折断》开始于一首背景设置在古
代中国而非俄亥俄的诗。这首诗叫《在冬末跨过水坑，
我想起一位古代中国地方官》。和他的早期诗歌相比，
这首诗有所变化，不光是情绪状态，也包括语言习惯；
他不再使用可靠的文学语言来填满诗行了。这首诗的
第二行在三个词语之后就突兀地结束了：

白居易，开始谢顶的老政客，

有何用？

我想到你

不安地进入长江峡谷，

被拖曳着穿越激流而上

为了政务或别的

去往忠州城。

你到达时，我猜

天都黑了。

但现在是 1960 年，又将是春天了，

明尼阿波利斯高耸的岩石，

堆垒起我自己

竹索和水的昏黑暮光。

元稹在哪里，这位你钟爱的朋友？

大海在哪里，那曾终结中西部所有孤独的

大海？明尼阿波利斯在哪里？我什么

　都看不见

除了这棵随冬天变黑的可怕的橡树。

你是否找到了群山之外畸零人的城池？

或者说，你已把这根磨损的纤绳一端

紧握了一千年？

　　这首诗和他早期诗歌一样敏感和私密，但我们能够感受到成年的疲倦——"被拖曳着穿越激流而上／为了政务或别的"——诗歌为沮丧、恼怒和悲伤留出了空间。或许，最重要的是表达了一种所有人都无法指责的失败。哪怕这首诗中不存在其他形象，末尾的形象——一位把残绳一端紧握了一千年的男子——也能够表达这种失败。

　　如果赖特是一位画家，我们可以说他的调色板中有棕色、紫色和黑色。有位不耐烦的批评家做过统计，诸如黑、黑暗和变黑这样的词，在《树枝不会折断》前 26 页中，一共出现了超过 40 次。另一位诗人，一直非常钦佩赖特诗歌的罗伯特·哈斯[1]，也被赖特持续不断地强调那些阴暗的事物激怒了。哈斯指出诗集《圣犹大》中的《关于管好自己的事》一诗：

> 从假正经和糊涂蛋中，
> 仁慈的阿佛洛狄忒，宽恕了
> 所有被猎获的罪犯，
> 无业游民，和夜鹰
> 还有头发凌乱的小姑娘

这些阴暗的事物没有一样是属于阿波罗的；它们都共享着隐喻性的黑暗。哈斯的担忧是，赖特正在遭受一种文化病态的侵袭，或许是 1960 年代的典型症候——认为所有黑暗的事物都是好的。针对赖特或者其他诗人，哈斯表达过一种担忧，即他们开始欢庆黑暗，一些不幸的诗人将误入歧途，沦入艰涩和同质化，并且让文学也陷入同样的境地。但在另一方面，我们也注意到，炼金术士们敬重"混沌"并从那里开始探寻宇宙的荣耀。

---

1 罗伯特·哈斯（Robert Hass，1941— ），美国当代著名诗人，著有诗集《时间与物质》《人类的愿望》等。1995—1997 年间担任"美国桂冠诗人"。后文提到的哈斯的评价出自题为《詹姆斯·赖特》的评论文章，收录于获得美国国家图书奖的诗学随笔集《20 世纪的乐趣》。

在赖特的诗歌里，这种朝向黑暗的转变的确具有持续性。《树枝不会折断》里的作品很清楚地表明，这种阴影正在成为滋养之物，就如同阳光曾经照耀在他关于毛茛和八角莲的诗歌中一样：

（我）转过脸，背向太阳。

一匹马在我长长的影子里吃草。

当赖特发表了《在明尼苏达松岛，我躺在威廉·杜菲家农场的吊床上》这首诗后，对于赖特诗歌的方向，许多批评家一而再再而三地提出质疑。这个标题是向中国古典诗人那些繁复标题的一次致敬。某种程度上，我们可以说赖特的这首诗歌驶向了中国古典诗人，但它的最后一行毫无疑问仍是美国的：

在我的头顶，我看见青铜色的蝴蝶

沉睡在黑色树干上，

随风飘动如绿荫中的一片树叶。

沿空屋后的山谷而下，

牛铃彼此唱和

走进午后的远方。

我的右边，

两棵松树间，阳光的田野里，

去年的马留下的粪便

闪耀起来，成金色的石头。

我仰身向后，天色渐暗，傍晚来临。

一只小鹰飘过，寻找着家。

我已虚度了一生。

许多人喜欢这首诗里令人惊奇的事物，一直到那只小鹰，但最后一行让人们的批评更加激烈，且持续至今。当他写下这么优美的一首诗时，他又怎能暗示他浪费了自己的一生！这怎么说得过去？最后一行粗暴、莽撞且有效地将这首诗从"天使"的范畴中拽了出来。他说："我会修改这首诗，因此你不能把它编入一部'天使诗歌'的选集。"人们或许会补充说，赖特知道这首诗里的形象都是奇迹般的，都是宇宙荣耀的证词，但是，他也的确因为献身于这些奇迹般的形象而浪费了许多生命。即便没有诗人的注意，奇迹也在发生，宇宙自身安排了马粪在午后阳光里闪耀，安排了树木展示一截黑色的树干，一只青铜色的蝴蝶栖息在那里。对宇宙而言看上去如此简单的事，于我们而言却常常并不简单。许多读者都希望这首诗直到末尾，都能保持常规的积极正面。但这不可能。埃德·奥切斯特[1]同样注意到，赖特在生命的那个阶段里，对家的渴望如此强烈，

<hr>

[1]　埃德·奥切斯特（Ed Ochester, 1939— ），美国诗人及编辑，1973 年获德文斯诗歌奖。

以至于当他写下小鹰那行诗，并以"家"这个词作为该行的结尾时，他自身的生活对他而言显得如此荒凉。

在《圣犹大》这本诗集里，赖特用了大量时间描述俄亥俄河周遭颓毁的景观。在发表于1963年的《西行途中》里，他检视这个国家其余地方究竟怎么样。在明尼苏达西部，他注意到：

> 在我和太平洋之间，仅存的人类
> 是老印第安人，他们想杀死我。

这是一种合理的偏执。这是一位移民的子孙，在注意到自己的祖先并非公平赢得这块大陆之后的言说。在这首诗第四部分，赖特最终抵达了太平洋：

> 连任选举失败了，
> 华盛顿州马科尔蒂奥镇教育程度不高的警长
> 又开始了酗酒。
> 他带我爬上悬崖，踉踉跄跄。
> 我们都醉了，站在坟墓中间。
> 前往阿拉斯加的矿工们也曾在此停步。
> 愤怒的，他们把自己女人破碎的尸体
> 铲进了长满蟹甲草的沟渠里。
> 我在墓碑间躺下。

在悬崖的底部

美国彻底完了。

美国，

又跳进了

黑暗的海沟里。

    我们读过了赖特关于黑暗的诗歌，这些诗构成了一个新的阶段。相比他"明晰"阶段的作品，这些"黑暗"的诗歌缺少一些优雅，但它们带来了深度和力度。不管怎样，赖特自己就是活在黑暗中。大约就在他写下这些诗的那段时间里，明尼苏达大学否决了赖特的终身教职，而艾伦·泰特[1]发挥了负面作用。这件事的影响让赖特更加沉迷于黑暗。那时，作为一名研究查尔斯·狄更斯的专家和文学讲师，赖特已经在明尼苏达大学任教六年了。赖特随后去了位于圣保罗的玛卡莱斯特学院，担任了两年临时教职。但是，在赖特的档案中，泰特留下的那份充满敌意的证明信阻碍了他在别处找到一份真正的工作。当所有的门路都行不通时，赖特曾对我说："罗伯特，我再也找不到工作了，我再也不会被一个女人爱上了。"那段时间，他遭受了许多严重的打击。他被分派了一位名叫兰博的英国医生，兰博医生热

1　艾伦·泰特（Allen Tate，1899—1979），美国评论家及诗人，美国南方作家团体"重农派"或"逃亡者派"的重要成员。

衷于电击疗法并且对赖特施行过很多次。当赖特的
妻子去看赖特的时候，他也对赖特妻子进行了一次
电击治疗。这场婚姻破裂了，赖特失去了和他的两
个儿子的一切亲密联系。他酗酒越来越严重。

美国彻底完了。
美国，
又跳进了
黑暗的海沟里。

这场从"透明性"到"黑暗性"的旅行就像从
一座岛屿到另一座。对一位作家而言，从第一座岛
屿到第二座的代价是高昂的。《终成眷属》和《麦克
白》之间的差异是巨大的。[1] 有时，第二个阶段其实
意味着衰竭，但另一方面，就像埃兹拉·庞德[2]谈及
过的，一个人不可能迅速地穿越地狱。如果一种地
狱般的生活对诗有好处，那这种生活是否值得拥有？
T.S. 艾略特[3]在被问及这个问题时，曾不得不放弃自

---

1 《终成眷属》(*All's well that ends well*) 是莎士比亚创作于
1604 年的喜剧作品，《麦克白》(*Macbeth*) 是莎士比亚创作于
1605 年的伟大悲剧作品。
2 埃兹拉·庞德 (Ezra Pound, 1885—1972)，美国诗人和文学
评论家，意象派诗歌运动的重要代表人物。
3 T.S. 艾略特 (Thomas Stearns Eliot, 1888—1965)，英国诗人、
剧作家和文学批评家，"现代派"诗歌运动领袖，代表作有《荒原》
《四个四重奏》等，1948 年诺贝尔文学奖得主。

尊回答："不！"巴勃罗·聂鲁达[1]在他人生的那个阶段曾写过：

碰巧我厌倦了做一个男人。

碰巧我走进了裁缝店和电影院

枯竭，雨衣，像一只毛毡做的天鹅

我转头进入子宫的水和灰烬中……

碰巧我厌倦了我的脚我的指甲

还有我的头发我的影子。

碰巧我厌倦了做一个男人。

这依旧是神奇的

用一枝百合恐吓一位法官助手

或者用耳旁吹气杀死一位修女……

（罗伯特·勃莱英译）

塞萨尔·巴列霍[2]也曾写过：

唉，在我出生的那天，

1　巴勃罗·聂鲁达（Pablo Neruda, 1904—1973），智利当代最伟大的诗人之一，代表作有《二十首情诗和一首绝望的歌》等，1971年为诺贝尔文学奖得主。
2　塞萨尔·巴列霍（César Vallejo, 1892—1938），秘鲁诗人、小说家，生于圣地亚哥，逝世于法国巴黎，他的作品是20世纪西班牙语诗坛的巅峰之一。

上帝病了。

他们都知道我活着，
知道我是邪恶的，但他们不知道
在那个一月之后的十二月
上帝病了。

（詹姆斯·赖特英译）

多年以前，赖特发现了格奥尔格·特拉克尔[1]，特拉克尔写过——在赖特的译文里是这样的诗句：

这座城市的白墙经常发出声音。
在拱形的尖刺之下
哦我的兄弟那些盲目的时针我们在半夜
　爬上去。

赖特在1977年发表了一首令人起敬的诗《钩》，如下：

那时，我还只是个
年轻人。那个傍晚
天冷得真他妈的

1　格奥尔格·特拉克尔（Georg Trakl，1887—1914），20世纪初具有世界性影响的伟大德语诗人。

刺骨什么都没有。
什么都没有。我和一个女人
有了些麻烦。但那里什么都没有
只有我和死寂的雪。

我站在明尼阿波利斯的
街角，被翻来覆去
吹打。
风从路坑中吹起
围猎我。
另一趟去圣保罗的大巴
将在三小时后到达
如果我走运的话。

而后，那名年轻的苏族男子
出现在我身旁，他的伤疤
和我的年纪差不多。

这儿得等很久
才有大巴过来，他说，
你身上的钱
够回家吗？

他们把你的手

怎么了？我答道。
他在骇人的星光里举起他的铁钩
挥砍着风。

噢，你说那个？他说。
我和一个女人处得糟糕。给，
你拿着这个。

你有没有感受过一个男人
把六十五美分
拿在一把钩子里，
然后把它轻轻地
放在
你冻僵的手里？

我收下了。
虽然我需要的不是钱。
但我还是收下了。

　　这首诗里，情感并不是由清晰、开放的元音推动
的，而是通过简短、别扭的语素"k's"和"t's"。赖
特或许曾对那名苏族男子说过："我还好，这钱你留
着吧。"但在短句"我收下了"里，我们能感受到双
方共有的绝望和同情——他接受了自己是弱势群体

一员的处境——他曾经通过语言获得的所有高度都消失了。

一首诗仅仅只是一首诗而已。"伤疤"和"铁钩"也只是两个词,但是在这两个词背后、在写下这两个词之前,却意味着多年的艰难生活。

三

我们谈论了诗人生命中的第一阶段和第二阶段,但或许,赖特写于意大利的新作代表了他的第三阶段。

这些诗大部分写就于帕多瓦、维罗纳以及山城托斯卡纳,赖特在这些地方感受到了属于圣方济各[1]、乔托[2]、卡图卢斯[3]和契马布埃[4]的文化。和马丁斯费里周遭的小镇相比,赖特在这些地方对美的经历和体验更加深沉。从此开始,赖特常常为美而生活,他的诗歌最终在托斯卡纳"定居"了,这看上去是正确的。

赖特的写作模式从夹杂着残酷真相叙说的、焦躁

---

1 圣方济各(Saint Francis of Assisi, 1182—1226),出生于意大利翁布里亚大区佩鲁贾省的阿西西,天主教圣人,方济各会创始人。

2 乔托(Giotto di bondone,约 1266—1337),佛罗伦萨画派的创始人,也是文艺复兴的先驱者之一。

3 卡图卢斯(Catullus,约公元前 87—约公元前 54),出生于意大利北部的维罗纳,对后世具有深远影响的古罗马伟大诗人。

4 契马布埃(Cimabue,约 1240—1302),意大利画家,生于佛罗伦萨。他是 13 世纪后半期首先进行风格革新的画家,并且是乔托的老师,因而被奉为标志文艺复兴新艺术开始从中世纪旧艺术转变的先锋。著名诗人但丁曾在《神曲》中提到他。

不安的美感瞬间，转变成了关于感恩主题的复杂诗歌。

记得维吉尔曾经说过："最美好的日子最先消逝"——赖特曾写到一只蜜蜂，这只蜜蜂采食被他用刀子切开的熟梨子：

> 那只蜂颤抖着，恢复了。
> 或许，我应该把它留在那里
> 让它淹没在自己的喜悦里。
> 最美好的日子总是
> 最先消逝，这可爱地歌唱着的
> 生长在这如此肖似我故乡的
> 小镇里的音乐家。

在《蝴蝶鱼》一首的结尾，他描述这条小鱼：

> ……在高大珊瑚礁上吃草，
> 苗条得像一匹种马，安然于远处的山坡间
> 他的另一个世界，在那里我看不到
> 他隐秘的脸。

这时，赖特已经戒了酒，也比以前更有精神了。谈及漆树时，他写道：

> 树皮会避开斧头和刀刃……

在《光的秘密》里，他写道：

当我发现自己并不害怕时，我倒吃了一惊。我能自由地打破沉默，为那个女人的黑发送上一声祝福。我相信她能继续活下去，我相信她黑色的头发，她依旧沉睡的钻石。我会闭上眼做关于她的白日梦。但是，于我而言，从我眼睛里面注视着我的这些沉默的同伴，他们太过光彩照人以至我们不能迎面相遇。

在《沉默的天使》里，我们能够感受到，相比过去很长一段时间，赖特能够观察到更多事物：

……我能在身后看到的所有事物：不断变小的蝉，椴树，瘦削的雪松上升，羽毛样向上一根叠覆着另一根，越过罗马竞技场进入那不凋的绿色和金色的空间……

在西尔苗内镇（皮克里尼），他看到：

上千的银器，近乎透明的皮克里尼掠过长长的火山石板的表面。

在《沉默的天使》里，他赞扬一位在维罗纳见到的音乐家：

> 他只是尽可能温柔地向我挥别，在离去的路上……而他尽了力，也许。他和我一样未曾拥有这天堂般的城市。他或许堕落，一如我。但从更高的高度，除非我猜错了。

语言开始变得甜蜜、轻快和铺张。赖特在《变化的天赋》里说：

> 但是现在，那只趴在我旁边的蜥蜴已经走得太远了。他完全沉湎于自己变化的天赋，独自在一朵刚刚凋零的椴树花瓣边缘昂着头。他那精致的手掌放弃抓住任何事物。它们敞开着。花瓣是如此的光滑，一阵轻风都能将他吹走。我好奇他是否明白。如果他明白，我诧异于我的呼吸不能吹走他。我如此邻近他，他也如此邻近我。他在那个世界里走得太远了，已然无法回头。

非常有意思的是，赖特将自己的语言转向了散文诗，他试图借此来表达这种赞歌式的心境。斯蒂芬·耶瑟[1]曾写过一篇关于赖特后期诗歌的优秀论文，名为《公开的秘密》（收录在由彼得·斯蒂特[2]和弗兰克·格拉齐诺[3]主编的《詹姆斯·赖特：光之心》一书中），在论及《意大利夏日片段》时，耶瑟称："这十四首散文诗……具有和赖特其他作品一样的透明度，虽然这些散文诗充满了奇思妙想，但事实上，在其中的优秀篇什中，这种铺张提供了相似的连贯性和成熟度。"

如果我们将这些散文诗和《我祖母的魂灵》以及关于八角莲的诗歌对比，我们会发现，赖特早已准备好了宽恕。在他写作的第三个阶段，我们会发现一种普洛斯彼罗[4]式的智识，普洛斯彼罗回望充满错误的一生时仍钦崇这一切的神秘统一性。此外，我们或许可以说——尽管这种对比可能会显得专断——如果没有《李尔王》和《麦克白》，我们也就无法得到《暴风雨》。

---

1 斯蒂芬·耶瑟（Stephen Yenser，1941— ），美国诗人及批评家，任教于美国加州大学洛杉矶分校。

2 彼得·斯蒂特（Peter Stitt，1940— ），美国学者，任教于美国盖茨堡学院。

3 弗兰克·格拉齐诺（Frank Graziano，1955— ），美国学者，任教于康涅狄格学院。

4 普洛斯彼罗（Prospero），莎士比亚戏剧《暴风雨》中的男主角、米兰公爵。他在一次出海时，被弟弟安东尼奥篡夺了爵位，只身携带襁褓中的独生女米兰达逃到一处荒岛，并依靠魔法成了岛的主人。后来，他制造了一场暴风雨，把经过附近的那不勒斯国王、王子斐迪南及陪同的安东尼奥等人的船只弄到荒岛，又用魔法促成了王子与米兰达的婚姻。结局是普洛斯彼罗恢复了爵位，宽恕了敌人，重返家园。

耶瑟认为："赖特的散文诗体，对松散结尾具有明显的宽容度，热衷题外话，有难以捕捉的整体性，这的确看上去像是一种为了容纳而非扭曲'期刊文章'的文体。"耶瑟补充称："在这些作品中发生的，就像是真实的花蕾绽放出了幻想的丰饶之花。"

赖特这样写一只乌龟（《夜晚的乌龟》）：

……就好像是我第一次真正地旁观一只乌龟在完全自然的状态下愉悦地沐浴。我脑海中关于糟糕暮年的所有想象都消散了，颏下耷拉的肌肉，充满仇恨的野蛮鼻孔，谋杀犯样的眼睛。他让我的脑海里充满了甘甜的山雨，他的活力，他独自清洗自己时的谦逊，他虔敬的面容。

在一首背景为菲耶索莱的诗中（《赋格的艺术：祈祷者》），他写道：

而我在那里，远离了地狱阴寒的梦。
我，那里，独自，终于，
终于带着属于我的尘土的尘土，
在我尽可能远离死亡的地方，
上主的两位伟大诗人，在静默中
相遇了。

赖特指的是巴赫[1]和但丁。数学家威廉·哈密顿[2]晚年曾说过："当一个人像数学家一样思考，属人的身体、情感、人际关系就变得越来越不重要，反而，对用数字关系形式表达的宇宙，思考得越来越多。那是些出神迷狂的瞬间。"我想，这里最重要的词是"宇宙"。荣耀不是给人的，而是给宇宙的。

赖特在《致创作的造物》中写道：

> 孤独如同我的渴望，
> 我没有女儿。
> 我不会死于火，我
> 会死于水。

这段时间，他作为一名卓越的教师，已在纽约的亨特学院任教多年。他结识了安妮，和她结了婚。他生活在甜蜜的和谐中。他们出双入对。和安妮在一起时，他得以赞美"甜蜜"——还以某种形式存在的一种深厚文化传统。在《旺斯上方的冬日拂晓》的这段诗歌中，他提到了和妻子一起去拜访诗人高尔韦·金内尔的愉悦：

1　约翰·塞巴斯蒂安·巴赫（Johann Sebastian Bach，1685—1750），巴洛克时期的德国作曲家，被普遍认为是音乐史上最重要的作曲家之一，并被尊称为"西方近代音乐之父"。
2　威廉·哈密顿（Sir William Rowan Hamilton，1805—1865），爱尔兰数学家、物理学家及天文学家。

……月亮和群星

蓦然闪烁着落下，而后整座山

显现，苍白得像一枚贝壳。

看，大海并未坠落，并未撞毁

我们的头颅。我为何感觉如此温暖

这可是一月的死亡中心？我几乎

不敢相信，但我必须相信，这

是我唯一的生命。我从石头中起身。

身体发出不得体的声音，伴随着我。

此刻，我们都不可思议地安坐于此，

在阳光之巅。

四

詹姆斯·赖特对文学怀着巨大的热爱，他能记住海量的文学作品。有天晚上，在当地大学的一场读诗会后讨论抑扬格韵律时，一位英语系的教授显然恼怒了，他说赖特根本不懂英语文学。作为回应，赖特凭借记忆当场背诵了《项狄传》整个最后一章。

赖特在凯尼恩学院和西雅图都曾得遇名师[1]。"二战"后的 1946 年 6 月，他应征入伍。《退伍军人权利法案》[2]也为他接受良好教育创造了机会。他出生在许多同龄人都死于战场的时代，所以，他决定为那些亡者而献身。他喜欢在明尼阿波利斯的酒吧里和摩托车骑士、酒鬼们相处，而他也能对"不知所措的疯子"的境遇和痛苦感同身受。所有这些热情增强了他的力度，最终，成就了他作为语言炼金术士的能量，而他的"真相叙述"也让读者能够更加贴近他。

猛烈批评美国是赖特集中注意力的一种方式，他试图去看美国是否能够自我保护，是否能够表达自身立场。在美国文化的巨大缺陷以及美国城市的平庸性问题上，赖特从不对自己撒谎：

> 没有人会只为发现
> 死亡彼岸是俄亥俄的布里奇波特
> 去自杀。

1　詹姆斯·赖特在凯尼恩学院时跟随兰色姆学习。1953 年，赖特进入位于西雅图的华盛顿大学攻读文学硕士，得遇美国著名诗人西奥多·罗特克（Theodore Roethke）以及斯坦利·库尼兹（Stanley Kunitz）。

2　《退伍军人权利法案》（Servicemen's Readjustment Act of 1944，或 G.I. Bill），美国国会于 1944 年颁布的一个法案，旨在帮助退伍军人在"二战"后更好地适应平民生活，其中包括，对因战争中断深造机会的美国公民提供资助，让他们有机会接受适当的教育或训练。

他从来没有抛弃那些被判死刑的人。他也不会为伊利诺伊州官员最近因为司法系统存在这么多缺陷而释放普通监狱死囚犯感到惊讶。对正义的渴望，一直是他诗歌非常重要的中心。

还有什么是赖特希望得到的？他希望有干净的语言，他希望摆脱他那个时代美国诗歌中语言的混乱喧嚣。谈及二战后他在被占领的日本度过的那段时间[1]，他写道，他能够在日本"构思一首诗，就像那些带着极大的谦逊，把你渐渐带向主题的事物一样，这首诗会具有丰富的暗示性和情感召唤力"。在赖特的大量诗歌中，他都实现了这种亲密性，尤其是《祝福》一诗。

他不断削减对于那些不死的永恒话题的注意力，譬如民主、自由、基督教，反而他想要更多对凡人生与死的尊崇。在《雷阵雨前，在俄亥俄中部透过巴士车窗》中，他写道：

> 北方起云前，
> 装满粗饲料的食槽挤在一起。
> 风在杨树间踮起脚尖。
> 银槭树叶眯着眼
> 看向大地。
> 一位老农，绯红的脸

1　詹姆斯·赖特 1946 年从军后，曾在美国驻日部队服役，担任文书打字员，1947 年 10 月退伍。

挂满威士忌的歉意，他拽开谷仓的门

向苜蓿田里呼唤着

一百头黑白花的荷兰奶牛。

关于这首诗，勒鲁伊·琼斯[1]曾给赖特写过一封言辞激烈的信，结尾提出了一个讥讽的问题："你是怎么知道那里有一百头荷兰奶牛的?"赖特并没有因此慌乱。他明白他正在被当作一名大自然的愚蠢歌颂者而受到攻击。他寄回了一张明信片，写着："我数了牛的奶子的数量，然后除以四。——你真诚的，詹姆斯·赖特"。

还有什么是赖特想从诗歌中得到的? 他需要叙说真相和激情。想在 20 世纪 50 年代末的美国要求这二者，是相当残酷的，几乎和如今一样残酷。

至于激情，那就意味着掷一把骰子押许多注，通吃或一无所有。在他的诗里多次提到过一个淹死在河里的女人[2]，在出版于 1968 年的《致缪斯》中，

1　勒鲁伊·琼斯（LeRoi Jones，1934—2014），美国黑人诗人、政治活动家。他企图创建一种只有黑人能使用也只有黑人才能理解的文体和语言，以排斥传统的语言、意象和思想，也即他所谓的"白人"的诗歌特色。因不愿用白人的名字，在信奉伊斯兰教后，改名为阿米里·巴拉卡（Amiri Baraka）。

2　1972 年，赖特和彼得·斯蒂特谈及他的诗集《我们能否在河边相聚》时曾说："我尝试写我深爱的一位逝去已久的姑娘，我试着在这本书中同她一起歌唱。不是复活她——你无法复活任何人，至少我不能。但是我想，也许我能让那盘桓于心的情感得以平静。"

他写道：

> 上来到我身边吧，亲爱的，
> 从那条河里出来，否则，
> 我会下去找你。

赖特从没有暗示过在诗歌中的生活是一件易事：

> 没事。他们所做的
> 就是把一块肋骨和另一块
> 分开，进去。我不会
> 对你说谎。那创痛
> 和我知道的都不同。他们所做的
> 就是用一根金属线灼烧创口……

> 惠灵镇有三位女医生
> 在晚上开诊。
> 我不用给她们打电话，她们总在那里。
> 她们只需把刀
> 放在你肋下一次即可。
> 而后会悬挂起她们的新奇玩意儿
> 而你得忍受一切。

为何詹姆斯·赖特的诗歌如此优秀？除了他的

真相叙述、他的悲伤和激情，他还拥有语言的天赋。他有某种处理词语之间的间隙的能力，当他把一些简单的词语放置在一起时，会产生一些神秘的效果。譬如在《乳草》一诗中：

> ……当我的手甫一触碰，
> 空气中便充满了来自另一个世界的
> 微妙生灵。

在结尾，我将引用赖特的《纪念莱奥帕尔迪[1]》一诗。在这首诗里，我们能看到一种奇妙的名词多样性：芒（barbs）、遗忘（oblivions）、拙劣祈祷（lame prayers）、烟髓（smoke marrow）、驼子（hunchbacks），甚至一些虚构的形容词，如"欢呼的以赛亚"（jubilating Isaiah）。赖特的天赋展露于让人惊讶的地方，展露于在浩瀚的词汇表上绘画，展露于在词语底部绘画——借助大脑某些远离白昼意识、远离理性的部分：

> 我经过了那些诗人们
> 能像富人一样美好的
> 所有时代。月亮冰冷的

---

1 贾科莫·莱奥帕尔迪（Giacomo Leopardi，1798—1837），19世纪意大利杰出的浪漫主义诗人。

手镯擦伤我一侧的肩膀，

因此直到今天，

及以后，我会把

一座白色城市的银，一颗珠宝的芒

携带在我左侧隆起的锁骨里。

今晚，我

把一越野麻袋的遗忘和拙劣祈祷

悬挂在我完好的右臂上。俄亥俄河

两次流过了我，那属于磨坊和烟髓的

黑暗的欢呼的以赛亚。

属于庞大马匹的草场的盲眼儿子，斯托

　　本维尔 [1] 上方

沉没岛屿的情人，我静止的灰色翅膀的

盲眼父亲：

如今我挣扎前进，我知道

月亮正在我身后阔步而行，挥动着

神圣的弯刀，那刀曾击倒过

痛苦的驼子

当他看见她，赤裸，正带走他最后一只羊

穿过那片亚洲岩石。

1　斯托本维尔（Steubenville），俄亥俄河畔的小城，俄亥俄州
杰斐逊县的县治所在。

诗 选

夏日早晨，坐在一顶小纱帐里

十多英里，南达科他。
无人经行时，
那儿的道路会变成蓝色。
再多一个漫步的夜晚，我就会变成
一匹马，蓝色的马，沿着道路
舞动，孤独。

我走了这么远。将及正午。但从不在意时间：
一切都已结束。
这里仍是明尼苏达。
枯萎的秸秆间，一只乌鸦
饥饿的影子跃向它的死亡。
至少，这里仍然葱翠，
尽管，在我的身体和接骨木之间
一只凶猛的黄蜂正用力撕拉纱网。
但它仍无法进来。

此刻，一切宁静如斯，我听到那匹马
在清理它的鼻孔。
它缓缓走出我身后的那片绿地。

耐心又深情，它越过我的肩
阅读我写下的这些文字。
它已经活了很久，喜欢假装
没有人能看到它。
昨夜，我逗留在黑暗边缘，
与绿色的露水共眠，孤独。
我经历了漫长的路途，让自己的影子
臣服于一匹马的影子。

绿 墙

去向墓园的三步

当我第一次去往那里，
春天，傍晚
长长的空心荆棘
横躺在洋槐身底，
我的脚旁
毛茛、八角莲
踩下它们的枝干
直到叶梗平垂。
夏日来临，哦，草地上
有许多少女，
男孩们的头发
蓬乱地贴着双膝，
当野餐的人离去，
一天也随之结束。

当我再次去往那里，
与父亲结伴漫步，
他的手里握着
毛茛、八角莲，

放在我的双手下，

来避开阳光，

我看着他行走，

在两棵树之间；

当草地变得空旷

便是一年的终了，

黑暗来临，

长长的空心荆棘

刺伤裸露的阴影，

草束和叶片。

哦，如今，当我去到那里

毛茛，八角莲

模糊了灰色的池塘；

宁静的水边

田鼠踮起脚尖，

听空气吹响

长长的空心荆棘。

我屈身俯向荆棘

但那儿并无吹息之物，

一天随之结束。

田鼠晃动，

像草，消失。

一位瘦削的老妪，
擦洗着一块墓石
在两棵树之间。

父 亲

我在天堂的小船上站稳脚，问：
是谁曾为我祈祷？

　　　　　　　　但只有桨橹

拨水的声音；雾自寒冷的岸上
慢慢地盘旋进我头顶环绕的花环里。

但，是谁在等待着？

　　　　　　　　风开始吹息，

将我的面孔自虚无中
转变为微渺的泪眼
我的声音
变得真切时，那儿有个地方
远，远在下方的大地上。一个微渺的人——

我那在码头上绕水徘徊的父亲，
他急切地转着圈，朝着
起伏的洋流呼喊，
但他只听到一阵冷漠且无意义的咳嗽，
只看到被雾笼罩着的桨手。

他拽我下船。我沉睡着。

我们一起回家。

午夜之歌 [1]

> 为我儿子解释尤斯塔斯·德尚 [2] 的下述
> 诅咒:"无儿无女的人才叫快乐,因为小孩
> 除了哭闹和臭味一无是处。"

首先他的意思是夜晚

    你拍打着婴儿床哭闹,

让我在床边忙得打转

    为你的后背搽粉。

我翻过你的屁股

    但我不能抱怨:

抬起腿,啦啦,放下腿,啦啦

    继续回去睡觉吧。

其次他的意思是白天

    你在门外玩水

1　这首诗是詹姆斯·赖特 1953 年为出生不久的大儿子弗朗兹·赖特（Franz Wright，1953—2015）所写。弗朗兹同样是美国当代颇有影响力的诗人，2004 年获普利策诗歌奖。这是普利策诗歌奖唯一一对父子获奖者。

2　尤斯塔斯·德尚（Eustace Deschamps，1346—约 1406），中世纪法国重要诗人。在查理五世时期担任过外交官、地方总督等重要职务。一生写过一千多首谣曲（ballade），并被认为可能是这一文体的创立者。引文中的诗句，是德尚对《圣经·路加福音》23:29"不生育的，和未曾怀胎的……有福了"的戏仿。

混世魔王啊拖着一只死猫
　　穿过厨房地板。
我翻过你的屁股
　　让你因痛而放声：
抬起腿，啦啦，放下腿，啦啦
　　继续回去睡觉吧。

第三他的意思是我的父亲
　　曾把我横放在他的膝盖上
来解决麻烦，每当他狠揍
　　我就号啕大哭
如果荡剃刀的皮带不管用
　　他就会把我扛在肩上轻晃：
抬起腿，啦啦，放下腿，啦啦
　　继续回去睡觉吧。

所以，翻身趴着吧，小子，
　　哭闹真是可恨。
你让全家人七颠八倒
　　但你不是第一个
诗人德尚也曾又哭又闹
　　因他所有愚蠢的不屑：
抬起腿，啦啦，放下腿，啦啦
　　继续回去睡觉吧。

向一位女主人道晚安 [1]

掸平了衣褶，转身离开，

从搁架那头飞来一个吻。

一些客人永远不会知道

另一个影随着今晚的夜晚。

那些葡萄藤间醒着的鸟儿

永远看不见另一张脸

如此脆弱、如此可爱

在鸟浴盆和藤蔓之间。

哦，愿黑暗永不降临于你。

我已转过了脸，转过了脸：

越过月亮，阴影消失了，

越过你的肩膀，那些星云。

某些巨大的、虚空的星辰

永远都看不到你的脸。

你虚弱、可爱的双睑垂下

就在仙女座和火星的中间。

---

1 这首诗是写给诗人西奥多·罗特克的妻子贝雅特丽齐·罗特克
（Beatrice Roethke）的。1953 年到 1956 年期间，詹姆斯·赖特曾
在华盛顿大学跟随西奥多学习，二人成为了终身挚友，1963 年西
奥多去世后，贝雅特丽齐仍然和詹姆斯·赖特保持紧密的联系。

在一个失聪小孩的床上方低语

"他如何才能听到学校的铃声
安排妥破碎的下午？
如何才能知道要跑过
椋鸟高鸣的冰凉草地？
如何明白白昼已经逝去？"

哦，某些蹙起好奇眉头的人
将会去调校钟表。
他会看到外面的桦树枝条
低垂着来自天空的黑暗，
阴影爬行在岩石上。

"他如何才能知道在早上起来？
他的母亲还要叫醒其他儿子，
她还有座炉子
必须在昨夜的煤熄灭前点燃，
而他就算被摇晃也不会醒来。"

我明白空气也会作用于皮肤，
你也记得，在年轻时，

有时你能感受到黎明的到来，

而后火就会召唤你，不久后，

离开床，带你一起前行。

"嗯，足够好了。满足他需求的

所有安排都可就绪。

但是，如果他手指流血你会怎么办？

或者一只鹌鹑隐秘地呼哨

和阴凉里天使样长笛般的鸣叫？"

他将学习痛楚。至于那只鸟，

它出现时往往天色暗淡。

我会低语就像什么都不知道，

把他举在臂弯里，唱歌

不论他能否听到我的歌声。

我祖母的魂灵

她掠过泛黄的水面犹如一只飞蛾，
曳动着双脚划过浅浅的溪流；
她看到了那些浆果，停下，摘尝
一只小蜘蛛在那里清理纤细的牙齿。
她在空中发着光，翩飞在小径上方，
如此优雅地避开了树叶和潮雾，
就像一位年轻的妻子，握一盏微弱的灯
去找她走散的孩子，或月亮，或二者。

甚至，在她抵达那座空屋之前，
她便如此轻柔地拍动双翼，升起，
追随一只蜜蜂，那儿苹果花吹动如雪，
于是，她忘了为何要去向那里，
周围有太多花朵和绿光，无暇顾及其他，
她匆忙地来到大地上，滑落。

圣犹大

怨言 [1]

她走了。她是我的挚爱，我的月亮或一切。

是她把鸡群赶出去，打扫地板，

在盛宴后清空残骨和果壳，

是她掌掴小兽样乱蹦的小孩。

如今，病态的男孩长过了难堪的青春；

女孩儿们拆松衣裙的针脚，一件又一件，

来释放晃动的身体上恼人的部位

让新生儿从未想象过的面庞显形。

然而，糊涂的子侄，朝她们的卷发吐着口水，

慢跑着风言风语地纠缠脸红的姑娘们，

谁的胳膊会打扫房间，谁的手

会用新雪来冷藏牛奶？

谁会来倒垃圾，喂猪，

把鸡头抛给饥饿的狗？

不再是我已失去的老太婆了，她曾默默忍受这些

痛苦：

1　这首诗是詹姆斯·赖特写给祖母的挽歌。1958 年 4 月，赖特曾在给友人的书信中说，在包括这首诗在内的许多同期的作品中，他"试图颂扬的爱——能想到的最高的爱，是毫无保留的给予，而不论被爱的对象是否值得"。

分娩，午夜的檫树和雨。

新雪扑向她的脸和手，她忍受着，

如今，她躺下了，我的月亮或一切。

给布鲁哈特先生的祭品 [1]

在那个地方，我年轻时，

曾有二三好友，和我一起

用舌头尝水果，或者

抛掷枯萎的落果。

松鼠，在空中发怒，

在一根断枝上斥责我们。

它们在风中蹒跚，死去。

而今，苹果都被吃光了。

果园后面，翻过一座山丘

瘦削的魔鬼主人在那里

威胁要弄死我们，直到

我们偷光了他所有的财富。

有一天，他抓了我们现行

诅咒我们是该被耻笑的坏子。

他在灰蒙蒙的秋色中开了枪

1 赖特在 1970 年的一次访谈中，介绍过这首诗中布鲁哈特先生的原型："布鲁哈特先生在俄亥俄南部拥有一座农场。他在他家的栅栏上做了一块警示牌，写着'进入时请祈祷——猎枪法'，栅栏一侧就是果园。我过去一直在想，现在仍在想，他是否意识到这是对小男孩的真正邀请，邀请他们爬上栅栏偷苹果。他一定知道这一点。如果布鲁哈特老先生在听，我非常爱吃那些苹果。"

而今，他的生命就终结于斯。

负疚于他，负疚于每个
被窃取了辛苦钱的人，
今天，我哀悼他，尽我所能，
用留在我头顶金色树叶中的
许多甘甜的苹果。
如今，愿我的节制
能让果园和死者复归宁静。
我们不可再去惊扰他们。

留在吉米·伦纳德棚屋里的便条 [1]

在枯河的水位线旁,我们发现

    你的兄弟明尼根,

鱼一样猛坠进了泥泞的河底。

本尼,那个黄发变绿的孩子,

让我来找你,就算下雨,

    也得告诉你,他淹死了。

我躲在岸上的汽车底盘后,

    某个人的福特车残骸:

我不敢来叫醒喝醉的你,

你曾告诉我醒来很难受,

阳光木板样击打着你。

    我胃里的血一沉。

1　詹姆斯·赖特在公开朗读会上谈论过这首诗背后的故事:赖特 12 岁时,家乡有一名"小镇酒鬼",是个每天都在喝酒且貌似脑子已经喝坏了的老人,名叫弗朗西斯·伦纳德(Francis Lenoard),被大家称作"明尼根"(Minnegan)。"……但大家都很爱照顾他。有时他会陷入一种恍惚状态,盯着什么东西会看半天,如果你前去问他'没事儿吧?',只会听到他回答说'上帝保佑我的灵魂'。有天晚上,我和小伙伴看到他傻站着,下雪了,我们想把他弄回家……他和他哥哥吉米住在一起……我们有点儿怕他哥哥,但还是把明尼根弄回了家,什么事都没发生……多年后我想起来这件事,想通过一个 12 岁男孩的视角写出来,并稍微做了一些改编。"

而且，你告诉过他绝不要出去

　　　不要沿着河岸

边喝边唱，大声嚷嚷。

你可能会扔石头砸我，哭喊着

是我的错，是我让他跌倒在路上，

　　　侧着身子栽落。

好了，我到家也会挨顿痛骂

　　　因为跑了这么远，

留下这张便条，像来时那样跑开了。

我会去告诉我爸爸你在哪里。

你最好先去找到明尼根

　　　在警察闻讯赶来前。

本尼回家了，我很难受，跑着，

　　　你这个老杂种。

最好快点下去找明尼根；

他这会儿醉了或快死了，我不清楚，

他在草根和垃圾里鱼一样打着滚，

　　　可怜的老头儿。

一缕微风

当爱情逝去，我步出
人类的城镇，
为一缕温和的微风。
越过林间的空地，
越过老人们卑微的
一生，越过少女们：
高渺的群星守护着他们的宁静。
徒劳地寻找着谎言
我转身，像地球，离开。
一只猫头鹰双翼徘徊，裸露在
月亮雪的山峦上。

事物一如它们曾经的样子。

只有我的

我梦到我死了，像所有人一样，
我也害怕这个梦，然而不是因为
肉体在软化的页岩下
可能遭受疼痛的缘故。失去了你，
我日复一日孤单地躺着，我知道
在我之上的某个地方，树枝正燃成金色
女人们衣裙宽松，而男人们已衰老。

衰老。且枯萎。询问时间。
随即遗忘。转身。看着草地。
被一根嫩枝绊倒。惊飞几片树叶。
孩子。少女。我知道，在我的脸上方，
野兔和松鸦结队，思索如何穿过
一片裸露在阳光里的空旷原野。
它们在阴影里止步，蜷缩。

野兔和松鸦，老人，少女，和孩子，
都在我的上方行进，期盼着辽阔的光。
我听到你漫步穿过空旷的田野。
惊醒，我发现了自己生存的景象：

那方坟墓渐渐消散，正值夜晚，
我能感受到你柔软又沮丧的肩膀就在旁边。
在我的梦之外，死者从四周起身。

我没有梦到你的死亡，只有我的。

在被处决的谋杀犯¹ 墓旁²

致 J. L. D.³

"我们为何这么做？它对我们有何益处？最
重要的是，我们何以做出这样的事？它是
如何被完成的？"

——弗洛伊德

1

我名叫詹姆斯·阿灵顿·赖特，出生在

1　这首诗题目中的"谋杀犯"，即诗歌正文中的多蒂，全名是
乔治·欧内斯特·多蒂（George Ernest Doty，1920—1951），生
前是一名出租车司机，曾犯下多起强奸和谋杀案，于1951年2
月9日在俄亥俄州贝尔蒙特县被处以死刑，埋葬在俄亥俄州富兰
克林县的哥伦布市。

2　这首诗是赖特比较重要且突破过往风格的力作，赖特在给友
人的书信中曾这样谈论这首诗："（这首诗）不是关于死刑的，它
是对一个人的哀叹。我只是不相信人们应该互相残杀，无论出于
什么原因。这首诗是真正的'圣犹大的哀歌'。"赖特称，这首诗
的主题之一是关于人的"自毁性"——杀死他人也就杀死了自己，
放任他人被谋杀，就等于杀了另一个人，也就等于杀了自己。
赖特自己期望包括本诗在内的一部分的诗是"宗教性的"，且"当
然不是'社会性的'"。

3　J. L. D.，即詹姆斯·拉斐特·迪基（James Lafayette Dickey，
1923—1997），美国著名诗人、作家，1966年凭借诗集《巴克舞
者的选择》获得美国国家图书奖诗歌奖，同年当选"美国桂冠诗
人"。他是赖特的好友，对赖特的写作提过许多"吹毛求疵"的
建议，赖特在给迪基的信中说，这些建议对他的帮助"比现在能
描述的更多"。

离这方不洁的坟墓二十五英里远的地方，

在俄亥俄的马丁斯费里，一位

黑兹尔-阿特拉斯玻璃厂的奴隶成了我的父亲[1]。

他试图教导我善良。如今，

我只在记忆中返回，冷漠，从容，

返回死寂的俄亥俄，我可能被掩埋的地方，

如果我没能提前逃离。

俄亥俄捕获了乔治·多蒂。洁净如石灰，

他的颅骨在这里腐烂朽空。在死亡之地，

死亡便是人们能习得的最好的技艺。

我曾在这里行走。朗声展示自己

偏好于一种死人音调的语言。

如今，我厌倦了谎言，转身面向过去。

将自己廉价的抱怨加诸于他人：

2

多蒂，如果我坦承自己并不爱你，

你能不能别打扰我？我煎熬于自己的谎言。

那些夜晚将电刑施加于我的逃犯，

我的思想。我狂奔如圣克莱尔疯人院

1　詹姆斯·赖特的父亲，名叫达德利·赖特（Dudley Wright，1893—1973），在惠灵镇的黑兹尔-阿特拉斯玻璃厂做了一辈子的模切工。

那个惶惑的疯子，他潜藏着，

奸诈又刁钻，在那片枫树下，

乐于在天黑后假装有罪。

凝视着床，他们低吟自我催眠曲。

多蒂，你让我恶心。我不是死人。

我低吟自己的泪，每行五十美分。

3

蠢货，他向少女们索取爱，

而且谋杀了一位。他还是个贼。

他遗弃过两名女人，和一个怀着孕的鬼魂。

他的头发，在头上脏乱如狗毛，

让这类令人作呕的俄亥俄畜生们，和呕吐物

更相配，而非一个好人的悲伤。

我不会浪费一丝同情在那些遗臭的死人身上，

也不会有一丝爱意遗失在我和俄亥俄贝莱尔

哭喊的酒鬼之间，那儿的警察

猛踢他们的腰子直到他们死于酗酒。

或许，基督会复原他们所有，因我的一切。

活着的和死去的，那些傻笑的无赖们

背负着我三十年前的梦魇

无须借助我四处发表的悲鸣

来重温他们的痛苦，带着有偿的真诚。

我不怜悯已死的，我只怜悯将死的。

4

我怜悯自己，因为有人死了。
如果贝尔蒙特郡处死了他，那我会怎样？
他的受害者从没爱过他。我们为何要去爱？
然而，也根本没人必须去杀他。
没有任何用处，去央求青草，
去掩盖一个人失败和羞耻的石灰坑。
大自然爱好者逝去了。去见他们的鬼吧。
我踢开那些土块，说出了自己的名字。

5

这座坟墓的伤口溃烂了。或许它会愈合，
当所有人都陷入他们因对爱的恐惧
而不得不做的一切，当所有人静静站立在
最后的海边，
那靠海的君王都会下位，
除去朝服[1]，来审判大地

1　见和合本《圣经·旧约·以西结书》26:16："那时靠海的君
王必都下位，除去朝服，脱下花衣，披上战兢，坐在地上，时刻
发抖，为你惊骇。"

及它的死者，而我们死者遍布各处毫不抗辩，
我的身体——父亲、儿子和不娴熟的罪犯——
荒谬地跪下，把我的伤疤，
我卑怯的罪行，袒露给上帝毫无怜悯的群星。

6

他们彬彬有礼地凝视着，不会标记我的脸
以区别于其他埋葬于此的谋杀犯。
他们为何要这么做？我们不过只是个人。

7

多蒂，奸杀犯，
沉睡在一条火渠里，什么也听不到；
在大地或地狱的邪恶宁静中，在哪里
人们才会停止自杀？上帝知道，而非我。
天使和卵石在树下嘲弄我。
大地是一扇门，我甚至无法正视。
秩序该被诅咒，我不想去死，
甚至也不想保证俄亥俄的贝莱尔，安全。
我后颈竖起的毛发是恐惧，而非悲伤。
（打开吧，地牢！打开吧，大地的穹顶！）
我听到俄亥俄草地里最后的海

正涌动着灰色灾难的潮水。

冬天的褶皱甩出了那张腐烂的脸，

它属于多蒂，凶手，低能儿，窃贼：

我血身的污秽，被击败的，地下的。

圣犹大 [1]

我出去自杀，碰见

一群暴徒正痛殴一名男子。

我跑着去帮他脱离痛苦，我忘了

我的名字，我的编号，我的日子如何开始，

士兵们如何在那块园中石四周兜圈

唱打趣的歌；那一整天

他们的枪矛又如何打量众人；我如何独自

讨价还价到合适的银钱，然后溜走。

被天堂放逐后，我发现了这被痛殴的受害者，

被剥光，被用膝撞，被丢在那里哭喊。我把绳子

扔到一边，跑过去，不理会那些穿制服的：

而后，我想起了我的肉身吞食过的面包，

那个吞食我肉身的吻。被剥夺了希望，

我在无望中把这个人抱在了怀里。

1　该诗是对《圣经》犹大故事的重构。犹大是耶稣十二门徒之
一，他为了 30 个银币将耶稣出卖给了犹太祭司，耶稣被审判定
罪后，犹大曾冲到审判台前，把卖主所得的银钱丢在大祭司面前，
哀求他释放耶稣；得知自己的恳求无用后，犹大不忍看耶稣被
钉十字架，在悔恨中于耶路撒冷城外自缢身亡。赖特在 1970 年
接受《南方人文评论》（*Southern Humanities Review*）访谈时说，
他被犹大上吊自杀的行为"强烈触动"。

树枝不会折断

在冬末跨过水坑，我想起一位古代中国地方官 [1]

"而我，生于不幸的时代，

又新尝失败，如何去乞求命运的怜悯？" [2]

——作于公元 819 年

白居易，开始谢顶的老政客，

有何用？

我想到你

不安地进入长江峡谷，

被拖曳着穿越激流而上

为了政务或别的

去往忠州城。

你到达时，我猜

天都黑了。

1　1960 年 2 月中旬的一个早晨，詹姆斯·赖特穿过明尼阿波利斯的一条街道时，"小心翼翼地跨过一个结冰的水坑"，急于保护他脚上那双"好鞋"。在那一瞬间，他意识到天气对自己的摆布和自己对金钱的焦虑，赖特想到了白居易，他似乎和"自认为是失败者"的白居易有了很多共鸣。他在当天的日记中写下了这首诗的草稿，草稿题为"冬去春来，我想起了一位中国大师"。詹姆斯·赖特当时正在明尼苏达大学任教，他的工作、婚姻都出现了问题。

2　原文为 "And how can I, born in evil days / and fresh from failure, ask a kindness of Fate?"，是英国汉学家、翻译家阿瑟·威利（Arthur Waley，1889—1966）对白居易《初入峡有感》一诗的英译。白居易原诗为："况吾时与命，蹇舛不足恃。"

77

但现在是 1960 年，又将是春天了，

明尼阿波利斯高耸的岩石，

堆垒起我自己

竹索和水的昏黑暮光。

元稹在哪里，这位你钟爱的朋友？

大海在哪里，那曾终结中西部所有孤独的

大海？明尼阿波利斯在哪里？我什么都看不见

除了这棵随冬天变黑的可怕的橡树。

你是否找到了群山之外畸零人的城池？

或者说，你已把这根磨损的纤绳一端

紧握了一千年？

收获的忧虑

以前，也发生过：

在附近，

缓行的马群

鼻孔均匀地呼吸着，

棕色的蜂群拖曳着高高的花环，

沉重地，

去向雪的蜂巢。

秋天降临在俄亥俄的马丁斯费里

在什里夫中学 [1] 的足球场，

我想起了蒂尔顿维尔 [2] 喝啤酒的波兰仔，

本伍德 [3] 高炉旁黑人们暗沉的脸，

以及惠灵钢厂那个得疝气的守夜人，

做着英雄梦。

所有骄傲的父亲们都羞于回家，

他们的女人叽喳如饥饿的母鸡，

渴求着爱。

于是，

在十月初

他们的儿子变得自毁性的美，

1 什里夫中学（全称为 Charles R. Shereve High School），如今名为"马丁斯费里中学"，当地唯一一所中学。詹姆斯·赖特 1946 年 5 月从该中学毕业。1960 年 9 月，赖特在重访母校后写下了这首诗。
2 蒂尔顿维尔（Tiltonsville），美国俄亥俄州杰斐逊县南部的一个村镇，位于俄亥俄河沿岸。
3 本伍德（Benwood），俄亥俄河沿岸的小镇，属于西弗吉尼亚州的马歇尔县，是西弗吉尼亚第三大矿难发生地，惠灵钢厂就位于此。1924 年惠灵钢厂所属煤矿的矿难造成了 119 名以波兰裔为主的东欧新移民工人全部遇难。

拼命突奔冲撞向彼此的身体。[1]

1　赖特在公开朗读时曾说这也是关于"玩橄榄球的男孩"的诗。在美国，秋天开始的新学年，同时也意味着橄榄球季的到来。橄榄球因激烈的身体冲撞及受伤的高风险被许多人称作"暴力运动"。赖特不止一次和友人在书信中说"自己最热爱橄榄球"，这很大程度上源自赖特家乡传统的"熏陶"。以赖特母校什里夫中学为核心的俄亥俄河谷工业村镇群，自1940年代开始，培养了"一代又一代优秀运动员"。比赖特高两级的高中学长、曾三次入选全美冠军的亚历克斯·格罗扎（Alex Groza，他的弟弟卢·格罗扎也是入选了职业橄榄球名人堂的著名球星）1988年向媒体说道："我们大多数人的父亲都在钢铁厂和煤矿工作。运动会是走出贫民窟的一种方式，就像现在的黑人一样。"

在明尼苏达松岛，我躺在威廉·杜菲家农场的吊床上 [1]

在我的头顶，我看见青铜色的蝴蝶

沉睡在黑色树干上，

随风飘动如绿荫中的一片树叶。

沿空屋后的山谷而下，

牛铃彼此唱和

走进午后的远方。

我的右边，

两棵松树间，阳光的田野里，

去年的马留下的粪便

闪耀起来，成金色的石头。

我仰身向后，天色渐暗，傍晚来临。

一只小鹰飘过，寻找着家。

我已虚度了一生。

1　威廉·杜菲是罗伯特·勃莱和詹姆斯·赖特的挚友，和勃莱一起创办了对战后美国诗歌产生了巨大且持久影响力的季刊《五十年代》，杜菲位于松岛的农场就是最初的编辑部，赖特经常去松岛看望两人。1960 年，杜菲因工作变动要去异地教书，不仅无法继续杂志的编辑工作，也来不及修整农场准备越冬，于是当年 9 月 7 日，罗伯特·勃莱带着赖特赶往松岛在农场做一些维修工作，"当（勃莱）和一个木匠忙于清空排水管和建造新地窖门等杂事时，赖特退到离房子很远的两棵枫树之间的绿色吊床上"，写下了这首诗。

宝 藏

就是这个洞穴
在我身后的空气中
无人会去触碰：
一处禁地，一种寂静
围拢着一团火的花簇。
当我矗立在风中，
我的骨头变成幽暗的翡翠。

恐惧使我机敏

1

我们父辈在美国猎杀的许多动物
都生着机敏的眼睛。
月亮变得暗淡时
它们警惕地瞪眼张望。
新月沉坠进南方城市的
货场里，
芝加哥那些黝黑的手掌失去了月亮
但是，这并不影响这片北方原野里的
鹿。

2

那个高挑的女人在做什么
在那儿，在树林里？
我能听到野兔和哀鸽[1]齐声低语。

----

[1] 哀鸽（mourning dove），分布于北美洲和中美洲的一种鸠鸽，也被称为泣鸽、哀鸠等，通常全身灰褐色且颜色较暗。它们在遇险时假装受伤哀鸣，把敌人从巢穴边引走。哀鸽经常出现在美国诗人笔下，在北美当地也具有丰富且各异的象征意义，譬如祈雨、成长的机会或者死亡的讯息等。

在黑暗的草丛里，在那儿
在那片树下。

3

我警惕地张望着。

西行途中 [1]

1

我从俄亥俄出发。

依然会梦到家。

临近曼斯菲尔德，庞大的驽马群住进了秋天昏黑的
　牲口棚里，

在那里它们可以偷懒，可以咀嚼小苹果，

或者睡很久。

但如今到了晚上，我的父亲在领救济的队伍里

徘徊，我找不到他：离得那么遥远

大约一千五百英里，然而

我却无法入睡。

穿着一件破旧蓝工服的老人蹒跚到我的床前，

牵着一匹温驯的

盲马。

1932 年，满身机器油污的他，为我唱过

1　该诗标题为 "Stages on a Journey Westward"，这里的西行，
同时也关联了美国历史上自 18 世纪末开始，持续了一个世纪的
"西进运动"，这是美国开疆拓土的过程，也是印第安人的灭顶
之灾。俄亥俄州是"西进运动"中成立的第一个州，也是美国当
时国土的最西部，同时也是诗人赖特这次"西行"的起点。

一支牧鹅女的催眠曲。

屋外，那些矿渣堆静候着。

2

在明尼苏达西部，此刻，

我又睡着了。

梦里，我蹲在火旁。

在我和太平洋之间，仅存的人类

是老印第安人，他们想杀死我。

他们一连数小时蹲伏、注视着

远山里微小的火焰。

他们的斧刃脏兮兮，沾着

庞大、沉默的野牛油脂。

3

已是黎明。

我打着冷战，

即便盖着一床大鸭绒被。

我昨晚到达，烂醉，

没有生起油炉。

我倾听了疾风很久，此刻，

雪的呼啸都包围着我，越过荒弃的草原。

就像流浪汉和赌棍的声音，

喋喋不休地穿过十九世纪内华达那些空荡荡的

妓院。

4

连任选举失败了，

华盛顿州马科尔蒂奥镇教育程度不高的警长

又开始了酗酒。

他带我爬上悬崖，踉踉跄跄。

我们都醉了，站在坟墓中间。

前往阿拉斯加的矿工们也曾在此停步。

愤怒的，他们把自己女人破碎的尸体

铲进了长满蟹甲草的沟渠里。

我在墓碑间躺下。

在悬崖的底部

美国彻底完了。

美国，

又跳进了

黑暗的海沟里。

我是如何退烧的

我仍能听见她。
她蹒跚着下楼去厨房，
在碗碟前咒骂。
她把油抹布摔进
篮子里，
挂在枯瘦的前臂上，带着厌憎
弯起胳膊，迈着重重的脚步出门。
我能听到我的父亲下楼了，
他不穿外套，站在敞开的后门里，
喊着让那个老蝙蝠穿过雪野。
她忘了她的黑披肩，
我看到她穿过我的窗前，冷笑着，
抖搂着上山
去某座昏暗的教堂。
她得去见其他什么人，
这没有用，她不会听，
她已经走了。

关于总统哈丁[1]的两首诗

一　他的死亡[2]

马里恩的皂角树正值凋零。

镇上的每个人都还记得那头白发，

那场迷茫夏季里的选举，那个向公众开放的

前廊[3]，那位茫然惊愕微笑着的

走运的男人。

"乡邻们，我想为你们做些事"，他曾说过。

---

[1] 沃伦·加梅利尔·哈丁（Warren Gamaliel Harding，1865—1923），美国第 29 任总统（任期 1921 年 3 月 4 日—1923 年 8 月 2 日）。1923 年 8 月，哈丁决定做一次横跨全国的"谅解旅行"，从阿拉斯加返回的途中去世。哈丁在任时人气非常高，根据记载，当年运载他遗体的火车从旧金山开往华盛顿特区时，共九百万人在铁轨旁排起长队送别；而在他去世后，随着关于他的腐败丑闻（如 20 世纪初美国最大腐败案"蒂波特山油田丑闻"）以及诸如外遇、出轨等私生活丑闻的披露，他的形象开始变得充满争议和负面。

[2] 围绕哈丁的死亡，充满各种猜测和传言，当时的正式结论是脑出血，但有种广为流传的说法认为是哈丁夫人不能容忍丈夫频频出轨，所以在食物中投毒毒死了哈丁。

[3] 哈丁于 1921 年竞选总统时，选择名为"前廊运动"的策略——一种美国竞选中比较低调的方式，即候选人留在家中或附近，向前来拜访的支持者发表演讲，而非四处旅行和演讲来争取支持。在哈丁之前，有多位美国总统用"前廊运动"的方式赢得了大选，如 1896 年当选的威廉·麦金莱（William McKinley），哈丁曾在参选前数年，就把自家前廊改造成了麦金莱家的样子。

接着，"你们相信我很诚实，对吗？"

自我陶醉地啜泣着。

在 1961 年这个晚上，我喝醉了，

为我的同乡狂饮，

他在从阿拉斯加返回的归途上，死于吃蟹肉。

所有人都知道那个笑话。

有多少皂角树已经凋零了，

已经把根扎进了露天矿敞开的墓穴里，

自从第一次世界大战结束

威尔逊[1]这位憔悴的执事阴沉着脸慢跑进

沉默里？

今晚，

老骗子们癌变的幽灵

摇落了它们的枝叶。

对一位骄傲的男人来说，

迷失在克利夫兰附近的收费公路上，

按摩师的招牌在枯死的桑树间隐约可见，

已经没有地方可去了，

除了回家。

"沃伦心智匮乏"，他的一位朋友说。

1　托马斯·伍德罗·威尔逊（Thomas Woodrow Wilson，1856—1924），美国第 28 任总统，是哈丁的前任，拥有极高的声誉。

他曾经英俊，他曾是落雪
变成的白色种马，静静地
站在黑黝黝的榆树下。

他当众死去了。他曾宣称为秘密权
感到羞耻。

二　他在俄亥俄的坟墓 [1]

> "……他死于放声大笑。"
>
> ——门肯《论布莱恩》

我们北面的一百座矿渣堆，
任由月亮和雨水的摆布，
他躺在他荒谬的
坟墓里，我们的公民同胞。
不，我从未见过那样的地方：
许多身份不明的窃贼的身影
在啤酒罐、雪茄头和墓堆上
窃笑着跌撞着拥抱着

1　哈丁的坟墓位于俄亥俄州的马里恩市，也被称作"哈丁纪念馆"（the Harding Memorial），是一座外观像希腊神庙的白色大理石建筑，中心没有屋顶，向天空敞开。

一个假日，阴雨的一周

整个国家分崩离析之后，

胡佛[1]和柯立芝[2]来演讲[3]

为他破碎的心脏抽泣呜咽。

他的坟墓，一个巨大的荒诞，

令警察和访客感到尴尬。

胡佛和柯立芝悄悄溜走了

趁着夜色，女人关上了她们的门。

如今，拾荒者招呼孩子们进来

在他们冻死之前；

年轻的情侣促使月亮开始

它迅疾的春天；岁月老去；

那个耙落叶的刻薄独腿人

把闲荡的人赶出了公园；

明尼根·伦纳德对上帝

半信半疑，投注站暗了下来。

1　赫伯特·克拉克·胡佛（Herbert Clark Hoover，1874—1964），
美国第 31 任总统（任期 1929—1933）。

2　约翰·卡尔文·柯立芝（John Calvin Coolidge，1872—1933），
曾担任哈丁时期的副总统，在哈丁死后接任美国第 30 任总统（任
期 1923—1929）。

3　哈丁的墓地于 1926 年动工，由于哈丁去世后名誉扫地，他的
继任者柯立芝总统希望与其保持距离，拒绝为哈丁墓献礼。一直
拖到 1931 年，哈丁墓地才在柯立芝的继任者、时任总统胡佛的
主持下题献落成，柯立芝出席了仪式。

美国继续前进，前进

大笑着，哈丁是个蠢货。

连他那巨大又自负的石像

也让他暴露于嘲笑里。

我明白。但别看着我。

上帝作证，我没有挑起这场混乱。

无论月亮和雨会如何，

人心都是无情的。

1959 年，艾森豪威尔拜访佛朗哥[1]

> "……我们死于寒冷，而非黑暗。"
>
> ——乌纳穆诺[2]

美国英雄必须战胜

黑暗的力量。

他已飞越了天上的强光

降落在西班牙

迟缓的暮色里。

佛朗哥站在警卫们亮闪闪的环绕中

张开欢迎的双臂。

他承诺所有黑暗的事物

都会被赶尽杀绝。

国家警察在监狱里打哈欠。

1　1952 年，艾森豪威尔当选美国总统后，美国和西班牙于次年签订了《美西协定》，西班牙开放本土供美国建设三处空军基地，美国则向西班牙提供经济与军事援助。1959 年 12 月，艾森豪威尔正式访问西班牙马德里，与独裁者弗朗西斯科·佛朗哥拥抱，被视为美西关系全面正常化的标志。

2　乌纳穆诺（Miguel de Unamuno，1864—1936），20 世纪西班牙文学的重要人物之一，著名作家、哲学家，"九八年一代"的代表人物。1924 年因反对普里莫·德·里维拉的独裁统治被放逐，侨居法国，1930 年西班牙独裁政府垮台后才回国。

安东尼奥·马查多[1]循着月亮

沿着扬起白尘的道路，

去往比利牛斯山下

沉默的孩子们的洞穴。

葡萄酒在村子的石罐里变深了。

葡萄酒沉睡在老人们的嘴里，呈黑红色。

微笑闪耀在马德里城。

艾森豪威尔和佛朗哥握手，

在摄像师的闪光灯里拥抱。

如今，美国崭新的轰炸机压低引擎

滑翔降落了。

机翼闪耀在裸露土地上的

探照灯里，

在西班牙。

1 　安东尼奥·马查多（Antonio Machado，1875—1939），20 世纪西班牙具有世界影响力的诗人，"九八年一代"最著名的人物之一。佛朗哥夺取政权后，他不得不流亡法国，后来病逝于法国西南部科利乌尔（Collioure）——比利牛斯山脚下一座靠近西班牙的边境小镇。

两次宿醉

第一次

我瘫在床上。
在我窗上树的纹影之外，
树林都光秃秃的。
刺槐和杨树变成了未婚的妇女
分拣着无烟煤里的矸石
在铁轨中间：
大萧条时期的黄胡须冬天，
仍在某处活着，一个老人
清点着他收集的瓶盖
在寒树下的油布棚里
在我的坟墓边。

我还半醉着，
我窗外的这些老妇人
都弯腰朝向墓园。

醉醺醺，咕哝着匈牙利语，
太阳蹒跚地进来，

他那大笨脸摔倒进了

火炉里。

两个小时以来，我一直梦见

绿色蝴蝶在煤层里

寻找钻石；

孩子们游戏，互相追逐着

穿过有许多新坟的山丘。

太阳已从海上醉醺醺地回家了

外面有一只麻雀

歌唱着汉娜煤炭公司和死去的月亮。

那散发寒光的灯丝在

歌声里颤抖，像纤细的鸟儿。

啊，关掉它。

第二次　我试图再次唤醒并迎接这个世界

离我窗台不远的

一棵松树上，

一只鲜艳的蓝松鸦，上上下下，

跳跃在一根树枝上。

我笑了，我明白他已忘我于

全然的快乐中，因为他和我一样明白

树枝不会折断。

因一本烂诗集沮丧，我走向一片闲置的牧场，邀昆虫做伴

释然了，我把那本书抛在一块石头后面。

登上了一片小草丘。

不愿去惊扰蚂蚁

它们排成一列，在篱笆上穿行，

搬动白色的小花瓣，

投下微弱得连我也能看透的影子。

我闭了会儿眼，倾听。

老蚱蜢

疲倦了，它们如今得用力跳跃。

它们的大腿已有了重负。

我想听到，它们想发出的清脆声音。

接着，可人，悠远，一只黑蟋蟀开始了鸣唱

在枫林里。

开 始

月亮散落了一两根羽毛在田野里。
黑压压的麦子聆听着。
静下来。
此刻。
他们就在那里，月亮的孩子，试展着
他们的翅膀。
林间，一位苗条的女子抬起动人的
面影，此刻她已腾空，此刻她已全然
消失，在空中。
我独自站在一棵接骨木旁，不敢呼吸
也不敢移动。
我聆听着。
那些麦子倾靠向自身的黑暗，
我倾向我的。

雷阵雨前，在俄亥俄中部透过巴士车窗

北方起云前，

装满粗饲料的食槽挤在一起。

风在杨树间踮起脚尖。

银槭树叶眯着眼

看向大地。

一位老农，绯红的脸

挂满威士忌的歉意，他拽开谷仓的门

向苜蓿田里召唤着

一百头黑白花的荷兰奶牛。

试着祈祷

这次，我已把肉体抛在了身后，

在它黑暗的荆刺中哭泣。

然而，

这世界仍存在美好的事物。

黄昏。

美好的黑暗

属于女人们触碰面包的双手。

一棵树的灵开始运行。

我触摸树叶。

闭上眼，想起了水。[1]

1　化用自《圣经·旧约·创世记》1:1，"起初，神创造天地。
地是空虚混沌，渊面黑暗；神的灵运行在水面上。"

又到乡间

那座白房子静悄悄。

朋友们还不知我已到来。

生活在田边秃树上的啄木鸟

啄击一下，寂静良久。

我静静地伫立在暮晚里。

转过脸，背向太阳。

一匹马在我长长的影子里吃草。

为逃离商场祈祷

我拒绝杂志的无知。

我想躺在一棵树下。

这才是唯一的义务，而非死亡。

这是微风恒久的

欢愉。

忽然，

一只野雉振翅，我转身

只见他消失在道路潮湿的

边缘。

今天我很开心，所以写了这首诗

当肥滚滚的松鼠蹦蹦跳跳

蹿过玉米仓的屋顶，

月亮自黑暗中蓦然起身，

我意识到不可能死去了。

每一刻光阴都是一座大山。

一只鹰在天堂的橡树间欢欣不已，

呼喊着：

这正是我向往的。

玛丽·勃莱 [1]

我坐在这儿，无所事事，孤独，倦于长冬。

我能感受到新生儿轻柔的呼吸。

她的脸光滑如一枚杏子的表面，

眼睛机敏如她金发母亲的双手。

她生有丰盈柔软的红发，静静地躺在

高挑母亲的臂弯里，精致的双手

来回挥动着。

我感到季节的轮替就在我身下，

在地面之下。

她正把空气的水编织进欢快的小公马

梳理过的鬃毛里。

它们小跑着，默不作声，沿着河岸

雪正消融。

<hr>

1 玛丽·勃莱（Mary Bly，1962— ），诗人罗伯特·勃莱和作家卡萝尔·勃莱夫妇的女儿，也是赖特的教女。玛丽如今在福特汉姆大学担任终身教授，主要研究莎士比亚；同时，她也是一名畅销小说作家，笔名"埃洛伊莎·詹姆斯"（Eloisa James）。

祝 福 [1]

离通往明尼苏达罗切斯特的高速路不远，

暮光在草地上轻柔地跃动前行。

那两匹印第安小马的眼睛

乌黑而友善。

它们欢快地步出柳林，

来欢迎我和我的朋友。

我们跨过铁刺网，走进牧场

它们整日在这里吃草，孤独。

它们紧张地摇漾着，喜悦难以自抑

因为我们的到来。

它们羞答答地点头如湿漉漉的天鹅。彼此相爱。

但它们的孤独无可比拟！

当它们重新放松，

开始在黑暗里咀嚼春天的嫩草。

我真想把那匹瘦削的小马揽进怀里，

因为她走向我，

1　这首诗写于 1960 年 9 月，詹姆斯·赖特和罗伯特·勃莱结伴
驾车，从松岛的杜菲农场返回明尼阿波利斯。途中，赖特看到公
路旁牧场里的柳荫下有两匹马，坚持停了车，他们一起翻过铁刺
网围栏进入了牧场。他们返回车上继续赶路时，勃莱看到赖特在
笔记本上写写画画，勃莱曾打趣说，只要赖特想写东西或者想抽
烟，他就不得不当驾驶员。

用鼻子轻蹭我的左手。

她的毛色黑白相间，

鬃毛散披在额前，

微风催动我抚摸她长长的耳朵

纤柔如少女腕间的肌肤。

我蓦然意识到

若我走出自己的身体，我也会破蕊

盛开。

乳 草

我伫立于此，在野外，迷茫，
我一定凝视了良久
沿着那片玉米田，越过草地，
那座小屋，
白墙，缓步挪向谷仓的动物。
如今我俯视。一切都变了。
凡我失去的，凡我为之哭泣的
曾是一种野生、温驯的事物，那黑色的小眼睛
隐秘地爱着我。
就在这里。当我的手甫一触碰，
空气中便充满了来自另一个世界的
微妙生灵。

一个关于葬礼的梦

我什么都没留下
除了右脚
和左肩。
它们洁白如蜘蛛的骨架，飘浮在
雪地里，飘向一座被风吹得歪斜褪色的
黑暗建筑。
我在那个梦里，梦着。

一队行进的老妇人
在我头顶，柔声歌唱，
如宁静水边微弱的蚊子。

于是，我在自己的墓廊里等待着。
我倾听着大海
来召唤我。
我知道，外面的某个地方，那匹马
正负鞍伫立，吃着草，
等待着我。

我们能否在河边相聚

明尼阿波利斯之诗 [1]

致约翰·洛根 [2]

1

我想知道去冬有多少老人

挨着饿，恐惧于无名

在密西西比河滨徘徊

被风吹打睁不开眼，做梦都想

蹈河自杀。

拂晓，警察将他们的尸首移走，

上交给了某处。

何处？

这座城市如何保存它

无名父亲们的名单？

1　据詹姆斯·赖特 1964 年 12 月 2 日的草稿（现存于明尼苏
达大学埃尔默·李·安德森图书馆手稿部，和最终发表版有较
大文本差异），这首诗最初标题为“为明尼阿波利斯新市政扩
建项目致敬而作的颂歌”（"An Ode Written in Honor of the New
Municipal Expansion Program in the City of Minneapolis"）。这首
诗的背景是明尼阿波利斯的“贫民窟”——盖特韦区（Gateway
District）和尼科莱特岛（Nicollet Island），诗中涉及的地名和建
筑名称都位于此地区。
2　约翰·洛根（John Logan，1923—1987），诗人、学者，曾任
教于多所美国大学，诗歌杂志《选择》（Choice）创始人和编辑，
詹姆斯·赖特的好友。

在尼科莱特岛，我俯身凝视黑暗的水流
它如此迷人的沉缓。
我祝愿我的兄弟们好运
有一方温暖的墓穴。

2

年轻的奇珀瓦小伙们
刺伤了彼此，叫喊着
耶稣基督。
裂唇的同性恋们蹒跚在被袭的恐惧中。
高中后卫们在邮局旁的长凳下
搜寻。他们的脸像油腻
且不长眼的生培根。
沃克艺术中心的人群注视着
彼此
而古瑟里剧院的人群注视着
古瑟里剧院。

3

打芝加哥来的高挑黑妞儿们
听着轻柔的歌。
她们知道何时假扮的主顾

会是一名便衣。
一个条子的手掌
是一截大麻烟蒂，悬晃在灯泡焦黄
獠牙下。
一个条子眼睛的灵魂
是墨西哥华雷斯港郊外周日拂晓
那段没尽头的时光。

4

没腿的乞丐死了，被白鸟儿们
搬走了。
假肢交易所被开膛破肚
到处撒落着石灰。
鲸骨拐杖和二手支架
堆挤一处，在干燥穿棱的废墟里
做着梦。
我想到了那些穷人
他们被一柄怪异犁铲的锋刃
在光天化日之下惊醒，曝弃。

5

在所有蜂房巢室的围墙上，

汽车散发着香气，戴着眼罩
在一阵兴高采烈的嘟囔中
同意一天打两个盹儿。
窗户悄无声息地滑回了
暮色里。
一千个盲蜂的墓洞层层叠叠地
耸立着，还没有完全倒塌。
有人在这座城市日复一日辛勤劳作
向我兜售我的死亡。

6

但是，我不能容忍
让我贫穷的兄弟我的身体
在明尼阿波利斯死去。
沃尔特·惠特曼那个老头儿我们的同胞
如今在美利坚我们的国家
死了。
不过至少
他没有被埋在明尼阿波利斯
但愿我也不会
求你了，上主。

7

我想被不为警方所知的大白鸟
举起，
翱翔千里，被小心地藏匿起来
谦逊、金黄犹如最后一粒玉米，
被储藏起来，和小麦的秘密及无名穷人的
神秘生活一起。

监牢上的铭文

我的生活之于我
从未如现在这般珍贵。
我难以置信地瞪眼看着这两行
自己的文字，赤裸着被逮捕搜身。

假如，它们悄悄出现在
醉汉拘留所的墙壁上，
被指甲刮划进
斑落灰霉的墙皮里，

就算最普通的暴徒读到它们
也会带着古老的同情嗤笑。
人有权为他们的孤独感谢上帝。
这些有潮湿信息的墙壁特别可笑。

最后的瘾君子已经走了
带着他在一面新墙上流血的名字
和名字刻痕里指甲根的嫩肉
那墙面干净得像他的指甲。

我真希望我已经走出去了

徜徉在大海中，昏昏欲睡，心有慰藉；

我真希望我之前写下的词句来自《以赛亚书》，

卡比尔，安萨里，哦，惠特曼，哦，任何人，任何人。

但是，我却写了自己的话，如今

我必须永远诵读它们，即使

我肩上的翅膀蜷缩在

寒冷生出的獠牙下，就像现在。

我所有的生活中，那段最隐秘的，

被折叠在一本从未写出的书深处，

被锁在一个关于静止之地的梦里，

我已脱口而出。

我曾在暗中听见哭泣

指甲连着肉根破碎。

就让死者为自己的死祈祷吧。

他们的怜悯对我来说是什么？

在百货商店的收银窗前

1

那个漂亮收银员白皙的脸
又从年轻经理的肩膀后抬了起来。
他们互相耳语，然后直勾勾地
盯着我。
我感觉像是抓着一个小流浪儿
或一位皮包骨的老妇人，
潜伏在地窖里，蹲伏在
一座石桥下，祈祷到发恶心，
直到大部队走过。

2

他为什么要在意？他离开了。
我缩得更矮。
在我的破衣里，我已经被债
钉牢了。他点点头，
把我的肉身交托给上帝的寒鸦来怜悯。

3

我死了吗？如果没有，为什么还没有？

她航行到了那里，独自，隐现在美的天堂里。

她知道

当黑夜降临，

推土机就会把我铲起，

在军官俱乐部后。

她的熊熊烈焰，让我的骨骼

熠熠生光。我就是黑暗。就是黑暗的

骨头，天生就是。

4

杜甫曾在一片战场上颤抖着

醒来，在夜的死寂里，辨认

血肉模糊的妇女，整理

枯槁歪斜的眼睛。

月亮升起了。[1]

1　此处应指杜甫诗歌《北征》，"夜深经战场，寒月照白骨"。
据赖特传记作者乔纳森·布隆克记载，1964 年，赖特写作该诗
前后，他的日记本里摘录了大量中国唐诗段落，而这首诗的最初
手稿，就出现在九段对杜甫诗句的简短摘录之后。

5

我饥肠辘辘。还有两天
就是春天了。原来这
就是春天的感觉。

讲 述

用平常的语调讲述
是我能做的全部。
我已去过了所有地方
寻找你。
不知道还能做些什么
这场寻觅会怎样收场
最后一盏街灯旋转
在我头顶,熄灭着。

我重又遭到了回绝
我看到阳光下
这场竞赛既不比试迅捷
也不为看谁得胜。
里斯顿跳进了水池,
上帝啊,在缅因州刘易斯顿
厄尼·多蒂又在地狱里
喝醉了。

还有珍妮,哦,我爱的

珍妮，被诅咒的韵律，

把她自己剩余的美

毁在了一家老旧的妓院里。

她把新生儿丢弃在

公交站的厕所里，

而后穿过杰克逊镇

踩着轻快的舞步离去。

那是我熟悉的地方，

数年前，我被

一名和善的警察

逮捕过的地方。

上帝，信不信，由你。

别问我他是谁。

我讲述平常的挫败

总用平常的语调。

我和某些人一起

前行，一些孤独的人。

他们已堕入了死亡里。

我和他们一起去死。

上主，我喜爱您诅咒的，

您殿中的美人 [1]：

下来吧。下来吧。为何

您掩面不顾？ [2]

1　原文化用自《圣经·旧约·诗篇》26:8，《圣经》原文为："耶和华啊，我喜爱你所住的殿，和你显荣耀的居所。"

2　原文化用自《圣经·旧约·诗篇》88:14，《圣经》原文为："耶和华啊，你为何丢弃我？为何掩面不顾我？"

北达科他，法戈城外

在"大北方"[1]货车脱轨倒卧的车身旁，
我缓缓划亮一根火柴，缓缓举起它。
没有风。

城镇的那头，三匹壮实的白马
一路跋涉，它们的肩膀
笼罩在筒仓的阴影里。

突然，货车晃动了一下。
车门被砰地关上，一名拿着手电筒的男子
对我说"晚上好"。
在写下"晚上好"时，我点了点头，既孤独
又想家。

1　大北方（the Great Northern），美国最北端横贯大陆的铁路，从明尼苏达州圣保罗市直到华盛顿州的西雅图市，开通于19世纪末。

依红河而生

血在我体内流淌，可它和眼前这场雨
有什么关系？
在我体内，着猩红制服的军队行进在雨中
穿过黑暗的田野。我的血静止不动，
漠不关心帝国主义者船舰上的大炮
正漂荡在外海。
有时，我必须在危险的地方
睡去，在地下的悬崖上，
墙壁仍保存有古蕨类的
完整印迹。

再次涨至洪水位

北达科他，法戈，一个男人
警告我，河水可能会再次上涨
至洪水位。
桥上，一名少女匆匆跑过我身旁，孤独，
面带愁容。
她会不会在某处的湿草丛里停下？
在我眼睛后踮起脚尖，期盼困惑的麻雀们
在她伸出的手上排队
啄取一些绳子和干麦芒。
我睁开眼，俯身凝视着
黑暗的河水。

青 春

陌生的鸟儿。

他的歌声仍是秘密。

他工作太过辛苦以至无法读书。

他从没听说过舍伍德·安德森[1]

如何逃离，逃往芝加哥，愤然将自己

从对工厂的仇恨中解放出来。

我的父亲辛劳了五十年

在黑兹尔-阿特拉斯玻璃厂，

被困在曾敲碎白种蠢工人膝盖的

钢梁间。

是否，他曾在油污冰冷的阴影里憎恶发抖？

或许吧。但我和我兄弟都知道

他回家时平静得犹如傍晚。

不久，他将会变得黑暗，

朦胧隐现于一场新雪。

---

1 舍伍德·安德森（Sherwood Anderson，1876—1941），美国
小说家，出生于俄亥俄农业小镇卡姆登（Camden），早年在小
镇工厂打工，后来成为了企业主，1912 年精神崩溃后放弃生意
去往芝加哥，开始成为一名作家。他的小说以主观视角揭示文明，
小说《暗笑》在当时比较畅销。

我确信他的鬼魂会飘回家

去俄亥俄河边，坐下，孤身一人，

切削一截树根。

他不会说什么。

河水流逝，比他，或我

更衰老，更年轻。

生 活

谋杀，我离开，复活，
谋杀犯们的聚集地，
那条黑色的
河沟。

如果我返回唯一的故土
肩别一朵白玫瑰，
那和你有什么关系？
那是坟墓
在开花。

那是黑暗的延龄草，
是地狱，是冬日的开始，
是不再拥有名字的伊特鲁里亚人[1]的
鬼城。

那是古老的孤独。
那是。
那是
最后的时刻。

1　伊特鲁里亚人（Etruscans），古意大利西北部的古老民族，居住于台伯河和亚努河之间。公元前 6 世纪时，其都市文明达于顶峰，后被罗马人吸收。

走廊里的灯光 [1]

走廊里的灯光

已熄灭了许久。

我抱紧她，

惊慌于地球的圆度

它的苹果，杨树丰满的

年轮，神秘的非洲，

以及他们给予我们的那些孩子。

她足够苗条。

她的膝盖就像

母狮惊恐的脸

照料着瞪羚

纯粹因意外走失的孩子。

在那具我渴慕的身体里，

加蓬诗人们凝视了数个时辰

在伸向天堂的树枝间，他们高贵的面孔

太过隐秘因而无法悲泣。

---

1   这是詹姆斯·赖特 1967 年写给第二任妻子安妮·赖特的诗，
他们 1966 年相识于纽约，安妮回忆称"这首诗是关于我和我生
活的地方的"。安妮是一名幼儿园老师，赖特当时经常造访安妮
的家和工作的学校，照顾学校里那些四岁的孩子。

我是怎么知道她的发色的？我漂浮在

孤独的动物中间，渴慕着

那只红蜘蛛，它就是上帝。

纪念莱奥帕尔迪

我经过了那些诗人们

能像富人一样美好的

所有时代。月亮冰冷的

手镯擦伤我一侧的肩膀,

因此直到今天,

及以后,我会把

一座白色城市的银,一颗珠宝的芒

携带在我左侧隆起的锁骨里。

今晚,我

把一越野麻袋的遗忘和拙劣祈祷

悬挂在我完好的右臂上。俄亥俄河

两次流过了我,那属于磨坊和烟囱的

黑暗的欢呼的以赛亚。

属于庞大马匹的草场的盲眼儿子,斯托本维尔上方

沉没岛屿的情人,我静止的灰色翅膀的

盲眼父亲:

如今我挣扎前进,我知道

月亮正在我身后阔步而行,挥动着

神圣的弯刀,那刀曾击倒过

痛苦的驼子

当他看见她，赤裸，正带走他最后一只羊

穿过那片亚洲岩石。

火旁的两种姿态

1

今夜，我凝视着父亲的头发，
他坐在火炉旁，做着梦。
他知道我绝望铩羽的心境，
送给我一根猫头鹰羽表达爱意，
唯恐我不明白，于是我回了家。
今夜，俄亥俄，我曾
追逐和诅咒自身孤独的地方，
向我展示我的父亲，打碎过石头
和巨大机器搏斗并掌控之的父亲，
如今他休息了，可爱的脸庞在阴影里。

2

他睡着时双手高贵地合拢着。
他为我自豪，相信我
在人前做了了不起的事，
在大城市有地位的人里有了一席之地。
我不会叫醒他。

我独自回家，没有携带妻儿
来愉悦他。醒来，孤独和欢迎，
我坐得离他的火炉太近，丑陋年岁的
痕迹在我脸上留下了伤痕，我的双手
紧张地抽动着。

为马什的生日而作[1]

"就像父亲对儿子，朋友对朋友，

神啊，请乐施仁慈吧。"[2]

我曾独自一人，

等你，无论你是什么样子。

我听到了你草地的鸟儿，叫声

沿着长长的路，传到我耳。

全是因为你，因为你，

我曾经感到孤独，孤独。

因为我当初怎么会明白

你的声音，怎么能听懂

那只爱尔兰鹦鹉？

我从未在海上或陆地上

听到过一种声音

能比草地更青葱。

---

[1] 这是詹姆斯·赖特于 1964 年 7 月为次子马歇尔·赖特（Marshall Wright，生于 1958 年 6 月 30 日）生日而作的诗歌。当时赖特在明尼阿波利斯工作和生活，他的两个儿子随前妻生活在旧金山。詹姆斯·赖特家族有爱尔兰血统，Marshall 这个名字也源于古爱尔兰语，因此他称牙牙学语的小儿子"爱尔兰鹦鹉"。

[2] 题记原文引自《薄伽梵歌》英译本，译者为小说家克里斯托弗·伊舍伍德（Christopher Isherwood）。

哦，这声音
比乌鸦做梦的脸更可爱，
他那隐秘的脸，那微笑
在死寂之地生机盎然。
哦，我感到孤独，孤独：
"无"于我而言是什么？

"无"就是虚无。
如今，让"无"变得
虚无，并长久如此，
直到明艳的草地鸟儿回到
家，回到那棵歌唱的树上。
而后，让他们去吧。

让他们生机盎然，因为，
他们已经死寂了这么久。
我已厌倦了痛苦
却不倦地渴求着，爱，
我的爱尔兰鹦鹉，
我想倾听你，

如今你充满活力
这绝不是一个梦；

如今我听到了
超过五种声音
呼唤，呼唤，呼唤，呼唤，呼唤，呼唤：
我的爱尔兰鹦鹉

打着手电，拉起非法的渔网

鲤鱼是造物的

秘密：我不知道

他们是否孤独。

偷猎者在桥下飘忽浮现

谨慎得令人生怖。

水是燕巢的

一面夜光镜。群星

已经沉没。

我的痛苦

还重要吗？一个

色彩

如美洲狮的事物奋力穿过这张网，消失了。

这是我见过最牢固的

网，但有事物

孤独地消失

在明尼苏达河源头。

对西弗吉尼亚惠灵镇最古老妓院已废弃传言的回应

我将独自悲伤，
就像数年前，我孤身一人，沿着
俄亥俄河游荡。
我藏身于流浪汉出没的草丛
循着主排污管逆流而上，
一边沉思，一边凝望。

我看见，河流下游，
第二十三街和沃特街的
醋厂附近，
那些门在傍晚时分打开。
女人们晃荡着皮夹子，
沿着长街涌向河边
跳进河里。

我不明白这是为什么
她们每个傍晚都沉进水里，
她们又在黎明前什么时候爬上河的另一岸，
弄干她们的翅膀？

因为西弗吉尼亚惠灵镇的那条河，
只有两道岸：
一岸在地狱，另一岸
在俄亥俄的布里奇波特。

没有人会只为发现
死亡彼岸是俄亥俄的布里奇波特
去自杀。

致缪斯 [1]

没事。他们所做的

就是把一块肋骨和另一块

分开，进去。我不会

对你说谎。那创痛

和我知道的都不同。他们所做的

就是用一根金属线灼烧创口。

它分着叉进进出出就像蛇芯子

那条惊慌的束带蛇 [2]，我们

在苜蓿田里逮到的，你和我，珍妮

在很久之前。

我会对你说谎

如果我能。

可是，我能让你

———————

1　1975 年，詹姆斯·赖特在接受彼得·斯蒂特为《巴黎评论》
而作的访谈时曾谈及："我试图从死亡走向复活，再走向死亡，
最后挑战死亡。好吧，如果我必须告诉你，我是想写一个我曾爱
过一个女孩，她死去很久了。我试图在那本书里（指《我们能否
在河边相聚》）和她一起歌唱。"

2　束带蛇（garter snake），加拿大至中美洲一带最常见的蛇类
之一，陆生无毒，身有条纹图案，多为 1 或 3 条纵向黄色或红色
条纹。

从波瓦坦[1]煤井南侧那烂洞里

离开的唯一方式，就是告诉你

你已知晓的一切：

你在天黑后上来，独自伫立，

而我在河岸上。

我带你回到这个世界里。

惠灵镇有三位女医生

在晚上开诊。

我不用给她们打电话，她们总在那里。

她们只需把刀

放在你肋下一次即可。

而后会悬挂起她们的新奇玩意儿

而你得忍受一切。

这是段尴尬的时间。不过，它能让你

蹑手蹑脚地走动，如果你不晃动

那根针。

它可能会刺进你的心脏，你懂的。

刀片就悬在你肺里，那根软管

---

1 波瓦坦（Powhatan），美国俄亥俄州贝尔蒙特县东南部的一
个村镇，位于俄亥俄河沿岸，和赖特出生地马丁费里斯邻近，且
同属惠灵市区的一部分。

得不停引流。

那样，她们就只需刺穿你

一次即可。哦，珍妮，

我祈求上帝是我创造了这世界，这卑污又

悲惨的地方。但是

我没有，我也无法忍受它，

我不怪你，你沉睡在那里

脸朝下躺在春天不可思议的丝绸里，

黑色泥沙的缪斯，

孤身一人。

我不怪你，我知道

你在那里。

我承认一切。但请看着我。

没有你我怎么独活？

上来到我身边吧，亲爱的，

从那条河里出来，否则，

我会下去找你。

新 诗

（出自《诗集》）

死在高速路上的小青蛙

然而，
我也会跳进
那光里，
如果我有机会。
那就是一切，田间潮湿的青茎
就在路的另一边。
它们也蹲伏在那儿，在恐惧中犹疑
怪异地飞走。许多
死者一动不动，还有许多死者
永远活在
汽车前照灯比司机所知的
更突然的瞬间。
那些司机后视镜看潮湿的水洼
那里虚无生出
虚无。

穿过这条公路，蝌蚪们
在月亮四分之一的拇指指甲上
舞蹈。它们还不能
明白。

白斑狗鱼 [1]

好吧。那就

试试这个。每个

我认识和关心的人，

以及其他每个

将会在我无法想象的

孤独和无法领会的

痛苦中死去的

人。我们必须

继续活下去。我们

解开渔网，切开

这条鱼的身体

从鱼尾绞合处直到

鱼颏下方那个

我想歌咏的地方。

我宁愿我们能让

活着的继续活下去。

---

1 詹姆斯·赖特在公开朗读会上讲过这首诗背后的"非法偷猎"的故事：他曾和罗伯特·勃莱、麦克·麦奎尔在某天午夜时分跑到明尼苏达河上游源头，在那里撒了一张横跨两岸的网，然后就回家了。后来，勃莱在天亮前去拖回了网，"网里装满了'大家伙'——很多鲤鱼，还有一条白斑狗鱼——非常大，够一家人吃。网上还有一个巨大的洞，是有什么东西穿过去跑掉了。"

一位我们相信的老诗人

说过同样的话，因此

我们在黑暗的香蒲丛中停下，

为麝鼠祈祷，

为它们尾下的涟漪祈祷，

为我们所知的小龙虾水下的小动静祈祷，

为我警察亲戚的右手手腕祈祷。

我们为渔猎管理员的视而不见祈祷。

我们为回家的路祈祷。

我们吃掉了鱼。

我身体里肯定存在极美妙的事物，

我如此快乐。

两位公民

俄亥俄州马丁斯费里市的旧公共事业振兴署[1] 泳池[2]

我几乎不敢写下

这件事。当时我已经,

七岁了。那天下午,

公共事业振兴署的居民走出家门

兴高采烈地庆祝

院子里凿好的长池子,

要强的丈夫们

已经填好了混凝土。

我们那时就知道,俄亥俄

河在枯竭。

沿岸生活的大多数好男人

都想坠入爱河,去好好爱

那些漂亮但不精致的女人,

1　公共事业振兴署（Works Progress Administration，简称 WPA），大萧条时期美国总统罗斯福实施新政时建立的一个政府机构，以助解决当时大规模的失业问题，是新政时期（以及美国历史上）兴办救济和公共工程的政府机构中规模最大的一个。
2　1972 年，詹姆斯·赖特在给友人的信中谈及这首刚写就的诗时回忆称，他的许多亲友当年参与了马丁斯费里 WPA 泳池的修建，这个泳池首次开放时，赖特也去游过泳。

和我这样的小孩们，但我很困惑，
这是什么鬼东西？

当人们没有足够食物
八月，那条河，
据说有点儿神圣的河，
开始枯了，

他们在泥土里游泳。谢尔曼叔叔，
威利叔叔，艾默生叔叔，和我父亲
帮忙在地上挖了那个洞。

那时，我曾在那片土地上
见过两三个洞，
你明白它们是什么。

但这个不似往常的那样小气、
经济，它不再是穷人脸上
唯一的伤疤，不再是以前
你死后花七十五美元
能买到的体面的洞，
你还得附上六个月薪水给赫斯罗普

兄弟[1]。

兄弟，亲爱的上帝。

不，这个洞充满水，
我一猛子跳进水里。
只穿了一件护裆，是我兄弟
从某个蹩脚橄榄球队偷来的。

哦，别在意，耶稣基督，我父亲
和我叔叔在地上挖了一个洞，
这次破例不是墓穴。这对你而言
很难置信：我从水中浮起时

一名别人家的小姑娘，
满带愁容的瘦削面孔出现在
我左肩后，轻声说，千万小心，
耐心点，活下去。

我这段时间都爱着你，
甚至都不知道
我还活着。

---

1 赫斯罗普兄弟（Heslop Brothers），赖特家乡一家历史悠久的殡
葬服务公司，1896 年由赫斯罗普家族成立于俄亥俄州马丁斯费里。

赋格的艺术：祈祷者

菲耶索莱[1]的璀璨静谧

漫长的攀爬登上一座山丘，那山不过是

天空的一根羽毛，陈列在苍穹里，

那位黝黑又快乐的佛罗伦萨人，无疑会收集

所有他必须收集的事物，他每晚都启程

走进那颗珍珠。

佛罗伦萨就在我们的掌下，这座城吐露了

地狱最后的秘密。

菲耶索莱在我脚下环绕着我，隐身的音乐家

埃斯波西托[2]兄弟双翼收拢

环绕着我和我的女友

还有风琴

在对唯一之爱的渴求里沉默了。

巴赫和但丁相遇了，祈祷着，

在音乐开始之前。

---

1 菲耶索莱（Fiesole），意大利小镇，距佛罗伦萨 8 公里，可以俯瞰佛罗伦萨风光。

2 米迦勒·埃斯波西托（Michele Esposito, 1855—1929），意大利作曲家、钢琴家，生于意大利索莱托，在爱尔兰都柏林度过了大部分职业生涯，晚年回到意大利，居住并去世于佛罗伦萨。

半山腰响起了小铃铛。

而我在那里，远离了地狱阴寒的梦。
我，那里，独自，终于，
终于带着属于我的尘土的尘土，
在我尽可能远离死亡的地方，
上主的两位伟大诗人，在静默中
相遇了。

风琴手埃斯波西托等待着开场。
半山腰的小铃铛微妙地渐渐淡去了。
下方的佛罗伦萨暗下来，等待着开始。

而我终于，和我唯一的爱相伴于斯，
等待着开始。

无论你是谁，自我的墓前漫步而过，
我的名字已磨损，薄如这可爱山城的披肩
菲耶索莱，天空的璀璨和静谧，
请倾听我：

尽管爱是一座难以想象的地狱，
但上帝为证，它绝非一个谎言。

致创作的造物

孤独如同我的渴望，
我没有女儿。
我不会死于火，我
会死于水。

水就是火，那魔杖
某个附近徘徊的人
艰难地领会着，是否
只有他能在某个地方

发现那个惧怕他的
孤独事物，已经出现
看穿了他，歌唱着。

他不能无所凭借。

不凭借月亮，和我。
而她是谁？
这首诗使我恐惧，
如此私密，如此猛烈。

它让我难以触碰

你身体私密的部位。

我们是彼此的脸。

不，我不算什么。

我唯一能写作的语言

是我的俄亥俄语。

那里，大多数都是穷人。

我曾以为再也无法忍受它

再也不愿回家了，

但我现在仍会回去，每年，

去平复我激动的母亲，

去和我的兄弟长谈。

我应该做些什么？

天空破碎了，

平常的天空变得如此湛蓝。

有一天我必须死，

就像每个人一样

独自，独自，独自，

平静得如同平静的石头。

你是大地的身体。

我将死在你的翅膀上。

于我，你就是一切

重要的事物，山雀。

你在我体内强力地活着。

山雀在雪中歌唱。

我将死在你的翅膀上，

我如此爱你。

散文片断

(出自《在河上》)

变化的天赋

在所有生灵中，他们似乎最熟谙日光浴的艺术。无须痛苦地思考，他们也知道哪里有最宜人的荫凉。试图用人类惯常的方式捕获或囚禁它们，几乎是不可能的，因为他们生活在永恒的屈服中：他们乐于变成任何凝视或控制他们的事物。他们能变成午后只存续三十秒的、最微弱的苔痕那样精确的绿色；或是被冲上岸丢弃在孩子们脚下乱风里的干海藻那样掺杂一丝灰的银色。

但是现在，那只趴在我旁边的蜥蜴已经走得太远了。他完全沉湎于自己变化的天赋，独自在一朵刚刚凋零的椴树花瓣边缘昂着头。他那精致的手掌放弃抓住任何事物。它们敞开着。花瓣是如此的光滑，一阵轻风都能将他吹走。我好奇他是否明白。如果他明白，我诧异于我的呼吸不能吹走他。我如此邻近他，他也如此邻近我。他在那个世界里走得太远了，已然无法回头。他的尾巴变成了阳光里的一个斑点，他肩胛骨间微妙的褶皱，一片椴树叶的褶层，他的舌头比我杂乱的鼻毛更纤细和纯净，他的手掌比我的手掌更加伸展。太晚了，他已无法再变回自己。

我甚至完全不能理解，他平静的面孔背后在发生些什么，但于我而言，他像是生活在意大利的最快乐的生灵。

阿西西的蜗牛 [1]

　　我估计，这个蜗牛壳整个夏天都躺在这里。它比我的拇指指甲要小些，但是，它在如今横陈的地方，向地面投下了轻轻的、巨大的影子，我的影子也在那儿，小心翼翼地跟随着。光已经将我的影子投向空中，安放在了我身下的斜坡上，影子在那里变得越来越长，移动着，肉眼难以觉察的移动。远在阿西西最高峰的山顶上，这里空气干燥；城堡围墙的远侧，地势近乎垂直下落。即使我在阳光里眯眼斜视，试着接纳它的活力，我仍好奇于这渺小的蜗牛是如何生存下来，并且不断地爬啊爬啊，一路攀爬到了这里的尖顶上，这幢全副武装的建筑和被铁箭刺穿的墙壁。这座城堡宏伟的中空骨架如今空无一物，它背朝圣方济各隐修的山丘；它的正面仍然冷酷地朝向佩鲁贾。蜗牛已不复存在，或许它被高举进了阳

1　这首诗是詹姆斯·赖特写给诗歌研究者、天主教修女玛丽·伯尼塔·奎因（Sister Mary Bernetta Quinn，1915—2003）的。1974年9月，詹姆斯·赖特在写给修女玛丽·奎因的信中说，"我曾经爬到阿西西的山顶上，在那里发现了一个蜗牛壳。我把这只蜗牛当成了朝圣者，我在我的一本日记中为你写了一首关于它的诗。"修女玛丽·奎因是一位露德圣母方济各女修会的修女，她和那个时代几乎所有重要的诗人都有长期、紧密的书信联系。

光里，在堡垒之间被鸣禽吞食。但是这一次，一个漫长的夏日午后将近终结。我的影子和这个蜗牛壳的影子，合而为一，化而为一。

巨石上的羔羊群

我听说帕多瓦市政厅有个从乔托到曼特尼亚[1]的杰作展。乔托是擅长天使的大师，而曼特尼亚则是擅长受难基督的巨匠，他是极少数人之一，他们似乎认识到了基督最终的确从十字架上下来了，来回应那著名的嘲弄邀约[2]，但是那从十字架上下来的基督是一具尸体。确切地说，曼特尼亚的死亡基督看上去就像一名秋日破晓前被警察从密西西比河打捞上来用一辆覆着篷布的垃圾车匆匆拉走乱扔在明尼苏达医学院后门的自杀者和糊涂醉汉里的贫民窟流浪汉。永生就是一种距离无垠的空间以及一种时间扭曲的无限。

无疑，在宏伟的帕多瓦，这场展览会成为一场备受瞩目的美谈。

但是，一个更小的美谈是我的最爱，那是一个故事，这个故事极其应该是真的因而就是真的。

1　安德烈亚·曼特尼亚（Andrea Mantegna，1431—1506），意大利帕多瓦派文艺复兴画家，其作品的古典主义特色对后世艺术家产生了极大影响，著名作品有《哀悼基督》《巴那斯山》《死去的基督》《圣塞巴斯蒂安》等。

2　参见《圣经·新约·马太福音》27:42，耶稣受难被钉十字架后，路过的人、众祭司长、文士和长老等纷纷嘲笑称，若耶稣"现在可从十字架上下来，我们就信他"。

一个午后，成熟的中世纪大师契马布埃正在乡间散步，他在一处树荫下驻足，注视着一个牧童。那孩子正在田野边缘的一块巨石上，尝试刻画羊群的素描。他什么都没用，因为他也找不到什么，除了一块尖尖的小卵石。

契马布埃把这个牧童带回了家，送给他一些羊皮纸和一根画钉或蜡笔或随便什么东西，然后向他展示如何描绘和构图让线条表现出不同于羔羊可爱面部的庄严伟大。

这个牧童就是乔托，而他也学会了如何描绘和构图让线条表现出不同于羔羊可爱面部的庄严伟大。我压根不在乎你们是不是相信这个故事。我信。我看过乔托画的天使的面孔。如果天使们看起来不像乔托所画的天使模样，那么他们一定是在上帝身后忽视了自己的健康。

我有个无谓的愿望，就是找到契马布埃在树荫里驻足，注视少年乔托用卵石在石头上刻画的那片田野。

相比天使的面庞，我不会蠢到更喜欢那少年画的羊群面孔。一个人行事早晚都要相称于他的年纪。

当然，这个岩石和草的小小星球是我们起始所能拥有的一切。何其美丽啊，那些少年乔托凿画出的可爱的羊群的脸，倾注着无限和恒常的不确定性以及痛苦的关怀，在乡间田野边缘的一块岩石表面。

我很好奇，契马布埃在开口说话之前究竟在那里驻足观察了多久。我敢打赌他一定观察了很久。因为他是契马布埃。

我也很好奇，乔托在觉察到自己被人关注之前究竟画了多久。我敢打赌他一定画了很久。因为他是乔托。

或许，他偶尔会停下来饮水、观察羊群的需求，而后又耐心地回到那块耐心的巨石前，直到他从身后的夕光里，听到了那句意大利语"晚上好"——来自那个站着的乡村男人，当然，他站在留给牧童和羊群的余晖之外。

我好奇那块巨石在哪里。我好奇那些可爱的羊群面孔是否仍旧刻画在它向阳的表面。

上帝让我明白了这么多。比乔托糟糕的人却比乔托活得更久。

此时此刻，比草地边缘那块粗粝巨石上乔托歪歪斜斜的划痕更丑陋的事物，正在腐朽坍塌进衰亡里。当我今天下午四点十五分到达帕多瓦时，听说了纽约奥尔巴尼的洛克菲勒商场已开始在平原周围的城市里到处悬垂并分泌它那浮夸的黏污时，我一点儿也不惊讶，它会在全能上帝的鼻孔里发臭，就像耶罗波安二世[1]一边为银钱囚禁义人，为鞋上的搭

1　耶罗波安二世（Jeroboam Ⅱ，约公元前786—约公元前746年在位），古代北以色列君王。《圣经·旧约·列王记》第十四章记载他在位期间，虽然北以色列国力强盛、开疆拓土，但他"使以色列陷于罪恶的种种罪恶"。

扣出卖穷人，一边在上主的祭台上把腐臭的礼物当作焚献的祭香一样。

乔托孩子气的手在粗粝巨石上刻画了羔羊们可爱的面孔。

我好奇于那块石头在哪里。我不可能活着见到它了。

但是，我活着的时候见到了奥尔巴尼的商场。

在一件乔托成熟期最伟大的杰作里，他笔下难以言喻的美丽天使们组成了一个庞大的唱诗班，他们昂着脸，变成清晨之子，在纯然喜乐中高唱着上主的赞美歌。

天使唱诗班的最尾端，一位略小的天使收拢起他的翼。他微微转身背着光，举起手。你甚至看不到他的脸。我不明白他为何哭泣。但我最爱的就是他。

我想，他一定在疑惑，究竟需要多久乔托才能想起他，给他饮水，在天黑之前，在牧人和羊群都在乡间的黑暗里迷路之前，带他回到牧栈。

　　　　　　　　　　　　帕多瓦

致一棵开花的梨树

红翼鸫

事实证明

你可以杀死它们。

事实证明

你可以让地球绝对干净。

我侄子给了我弟弟

一份科学报告，他们正一起

搭乘我哥哥的小飞机

穿越科科星河[1]，那河看起来

很神秘，像裸露的

伤疤在你的腰椎上

逐渐变得灰白。

你能听到我吗？

我只在晚上见过几只红翼鸫

出现，把它们明黄的喙

1　科科星河（Kokosing River），美国俄亥俄州中东部一条约百公里长的河。

伸进橘红色的肩膀里。
俄亥俄已经下了地狱。
但有时，它们会蹲在用木油
浸泡过的牧场栅栏上。
它们曾经很罕见，曾经袅娜又瘦削。

某天下午，沿着俄亥俄河，在污水管
排水口附近，我发现了一个鸟巢，
他们在芦苇丛中筑巢的方式
如此美妙，
红翼鸫和隐居者。

去年秋天我在老家爱上的
瘦削女孩，去年秋天结婚了
和一名露天矿工。
她的五个孩子还活着，
游荡在河边。

有些人在飞翔，有些人
想弄明白此时此刻
如何摆脱我们，趁我们睡着时。

在建设公路的
死亡峡谷中，我们加速

穿过公路，让
司机们都抓狂，我们俯冲
回到河边的家。

瞧，某个夏日傍晚，某个脏兮兮的男人
给了我一枚五分镍币和一枚土豆
然后在火边睡着了。

阿迪杰河[1]最后一瞥：雨中的维罗纳

崩毁的火山岩粒散落在

灌木林遥远的另一头

在我奥普利德的[2]国度里，

高大的男子

是须发稀疏的

松林，如今，迟缓的

胶质滴落，堆积在

岩石上，我灰白面孔下的

矿物之乳。

1　阿迪杰河（Adige River），意大利第二大河，源自北部阿尔
卑斯山，在维罗纳附近进入波河（Po River）低地后，折向东南，
流入亚得里亚海。詹姆斯·赖特在意大利旅行时对这条河印象深
刻，并不止一次和亲友们在书信中谈及，他说："我如此喜爱维
罗纳的这条河，那里的雨水会让河水颜色变化出令人眼花缭乱的
新鲜感，我感觉自己好像要从意大利松树枝的末端长出来，或者
在夏威夷李树旁边开花。"

2　奥普利德的（Orplidean），詹姆斯·赖特自创的词汇，意指
梦幻中的乐园和乐园毁灭后的废墟。赖特曾在两首诗歌中使用
这个词汇，除了本诗，另一首是题为《所有美丽事物都无可指
摘》的诗歌。该词源自德国浪漫主义诗人和作家爱德华·莫里
克（Eduard Mörike，1804—1875）创造的奇幻国度奥普利德
（Orplid），莫里克在小说《画家诺尔顿》、戏剧《奥普利德最后
的国王》、诗歌《你是奥普利德，我的土地》等作品中，都对这
个虚构的王国进行了描述。那里曾是一片乐园，但因奥普利德人
失去了美德，引发了保护女神薇拉（Wayla）的神怒，它的人民
（除了一名幸存者）全死光了，它的国土，除了奥普利德镇和城堡，
都变成了废墟。

这是我还能见到的
另一条流动的河。

俄亥俄河和这条河
看起来一定有些相像，
对那些在我出生前很久
就爱着它的人而言。
他们称呼那三座
斯托本维尔上方
长满杨柳的狭长岛屿，
他们，他们，他们
称呼
那三座狭长的岛屿：
"我们的姐妹"。

斯托本维尔是一块深黑的痂，美国
是一座肤浅的地狱，邪恶在那里
不过是个廉价的笑话，一周内
便会被遗忘。
哦，陪我在雨中多待一会儿吧，
阿迪杰河。

此刻，阿迪杰河，奔流不息。
阿迪杰河，大地上的河，

只有你能听到

一个蠢笨的天使在意大利的暖雨中

慢吞吞地说着俄亥俄话。

我在人生的中途

清醒振作，发现自己

已近死亡，够公平了，我还能

活着，在这座属于自己身体的

友好城市里，我神秘的维罗纳，

乳白和青翠，

我动人的珍宝，我最后残存的

纯净血管。

那不义的异教徒

瓦莱里乌斯·卡图卢斯，

就出生在维罗纳，

你用臂弯守护他，

而他却难以忍受。

他离开家，径直去往

罗马的地狱，

"哦，残忍的行径！哦，可怜的

阿迪杰河"[1]，那些光

消逝在这座石桥上，

我伫立于此，孤身一人，

河的一岸，是黑暗的城市

另一岸，

是黑暗的森林。

1　原文是拉丁文 "Io factum male io miselle / Adige"，化用自卡
图卢斯的诗歌《哀悼吧，维纳斯和丘比特们》。在这首诗中，卡
图卢斯因为"心爱的姑娘的小雀死了"，所以邀请维纳斯、丘比
特和全天下的人们都一起哀悼，并痛斥"邪恶且黑暗的地府""你
吞噬了一切美好的东西"。赖特摘引的这句卡图卢斯原诗为"哦，
残忍的行径！哦，可怜的雀儿"，赖特将那只"雀儿"替换成了
"阿迪杰河"。

惠灵镇的福音会堂

霍默·罗德黑弗[1]，曾是传教士比利·桑戴[2]的赞美诗作者和礼拜献金"托儿"，主历1925年，他做了些让我父母在余生中都喜乐入迷的事情，直到1973年，他们相继在几个月里死亡[3]。

正如桑戴博士训导聚会会众时常用的告诫，他说，叮当响的舍客勒[4]里没有功德，一种邪恶的声音；正如这位可敬的博士在极度雄辩迷人的哭喊中，赞美着二十美元纸币在柳条编织的献仪盘里互相摩擦发出的轻柔悦耳的细微沙沙声；正如万军之王全能上主的前半职业棒球运动员劝告的："兄嗬，在那个

1　霍默·罗德黑弗（Homer Rodeheaver，1880—1955），美国传教士、福音歌曲作曲家、音乐出版家，曾担任传教士比利·桑戴的音乐总监，专注于福音音乐。

2　比利·桑戴（William Ashley "Billy" Sunday，1862—1935），最初是美国棒球国家联赛的热门外场手，19世纪80年代信仰基督教福音派，后成为20世纪前20年最著名和最具影响力的美国传教士。桑戴是禁酒令的坚定支持者，他的布道在"禁酒法案"的通过中发挥了重要作用。桑戴也曾身陷和女性的丑闻，并因此支付了许多"和解金"。

3　1973年8月，詹姆斯·赖特的父亲去世，7个月过后，1974年3月，赖特的母亲也去世了。

4　舍客勒（Shekels），古希伯来质量单位，《圣经》中提及舍客勒时，多用来计量金银的质量，据考古，1舍客勒约等于11.4克。这里指代硬币。

盘儿里，一张二十的不比一张一云的更占地儿"[1]——他说过。

桑戴博士在本地招聘的一位助手悄悄走到他身边，鬼魂样谨慎地对那只热衷传道的耳朵报告说，匹兹堡来的警察刚刚离开西弗吉尼亚的威尔顿，他们禁酒令时期[2]风格的柯德[3]车正全副武装地沿着西弗吉尼亚40号公路飞驰，他们肯定会逮捕高声歌唱的霍默·罗德黑弗。他因为一笔亲子鉴定费而被匹兹堡警方通缉。

当匹兹堡警察冲进惠灵的福音会堂时，那里就像地下酒吧的等候室一样黑暗和空荡荡。会友们都去哪儿了？有人认为桑戴博士升天了。我倾向于认为，上主葡萄园里的两位工人欺骗了本伍德的民众，让他们第二天沿河而下，或许这让霍默还有空在赞美诗中间取悦孤独的寡妇。

那是1925年。在大萧条开始之前，我的父母亲还有机会纯粹为了乐子而没心没肺地笑。

他们那时比我现在要年轻些。霍默·罗德黑弗

1　赖特在这里模拟了比利·桑戴劝信众往献仪盘里捐钱时的俄亥俄口音："Bruthern, a twenty don't take up no more room in that plate than a wun"。

2　禁酒令时期（Prohibition），从1920年1月"禁酒法案"正式生效，到1933年2月该法案被取消，这段时期被称为"禁酒令时期"。在此期间，凡是制造、售卖乃至于运输酒精含量超过0.5%以上的饮料皆属违法。

3　柯德（Cord），美国印第安纳州一个豪华汽车品牌，在1929年至1932年及1936年至1937年间制造汽车。

和比利·桑戴在俄亥俄河沿岸的高炉旁树起他们福音改革大旗找一夜情的两年后，我出生了。

就我所知，我的父母亲相爱于1925年。就我所知，霍默·罗德黑弗一直在全力逃避匹兹堡警察局亲子部门。就我所知，霍默·罗德黑弗的确是家乡杰出的福音歌手。就我所知，他唱歌比他自知的更着调。匹兹堡的女人们聆听过他的歌唱。或许，惠灵镇福音会堂里的女人们也曾聆听过。或许，耶和华在打盹，而厄洛斯[1]听到了他的祈祷发现爱终究是爱，不论一个男人唱着什么语言，所以管它呢。

我不知道。我也能找到自己极美的音调，就我所知。

---

1 厄洛斯（Eros），古希腊神话中的爱神。

六二团[1]的飞鹰

拉尔夫·尼尔曾是童子军团长[2]。他当时还是个年轻人。他喜欢我们。

我毫不怀疑，他肯定知道我们每个人都曾在隐蔽的山洞里或岸边痛苦地手淫过。

这忍耐的灵魂，他等待着，当我们在彼此身后傻笑，嘲弄和戏仿童子军规，用俄亥俄南部口音模仿着温斯顿·丘吉尔的演讲时：

"吾等童子军：信实、忠诚、好施、乐善、谦恭、平易、顺从、乐观、勤俭、纯洁、虔敬。"[3]

拉尔夫·尼尔全都明白，对于我们十二岁腹股沟下隐痛的石头带来的煎熬，对于在我们的"啄木鸟"和"坚果"之间半路上肿胀的岩浆，那些"坚果"

1　六二团（Troop 62），美国第一联合卫理公会（First United Methodist Church）组织的男童子军团，位于赖特老家马丁斯费里，属于美国童子军（Boy Scouts of America）中部分区。美国童子军成立于 1910 年，是美国最大的青少年组织。1911 年起，美国童子军规定最高奖项为鹰级童军（Eagle Scout），奖章是一只飞翔的老鹰形象。

2　童子军团长（Scoutmaster），由成年人担任，相当于童子军的"班主任"或"辅导员"，为孩子们提供辅导和支持，树立积极榜样。

3　原文是十二条童子军军规，詹姆斯·赖特在拼写上进行了相应的"变形"，如 loyal 变为 loll、kind 变为 kand、clean 变为 clane 等，来呈现孩子们的声音——带着俄亥俄口音，模仿丘吉尔。

还有点儿青涩，就像橄榄球季开始前两个月半熟的苹果。

苏格拉底深爱着他的朋友——叛国者亚西比德[1]，爱他的美貌和他后来的样子。

我想，拉尔夫·尼尔也爱着我们，爱我们的骨瘦如柴，爱我们的青春痘，和我们的恐惧；但更主要的是，他明白我们将来会怎样。他不是傻瓜。他知道，他自己或许永远都不会离开河谷里的那个泥潭，或许是他不想。吠檀多在阐述最崇高的道德理想时，描述了一位圣人：他历经千世，忍受了人类从生到死所有半途而废的错误和不可承受的痛苦，但他在最后一刻拒绝了涅槃，因为他意识到，他那只鼻子化脓、因狂犬病而半疯的邋遢狗，不可能和他一起进入圆满的平静。

我们中有些人想离开，有些人虽想但未成功。

我最后听说，迪基·贝克，三次入室行窃的失败者，在哥伦布市的州立监狱终身监禁。

我最后听说，戴尔·海德利，开着一台那种司机必须整天站着的牛奶卡车，他的脊椎在驶过凹凸不平的街砖时咔咔作响。

1　亚西比德（Alcibiades，约公元前450—公元前404），古雅典军事家、政治家，极富争议，在伯罗奔尼撒战争中反复于雅典、斯巴达和波斯之间左右局势，最终被波斯总督杀害。他出身高门，以英俊和富有著称，是苏格拉底的学生、情人甚至生死之交。普鲁塔克和柏拉图将亚西比德描述为苏格拉底的心腹，普鲁塔克称亚西比德"只惧怕和敬畏苏格拉底，而鄙视其他的情人"。

我最后一次从我姐夫那里听说,哈勃·斯诺德格拉斯,仍旧每天晚上拖着身躯沿着河边回家去擦洗、沐浴、剃须,花整整一个小时来努力刮擦掉苍白皮肤上劳克林钢厂的灰尘。他从来没有晒黑过,他只是被灼伤了,待在河外。

我最后听说,迈克·科特罗斯在惠灵登记赌注。

我再也没有回到家乡去见过拉尔夫·尼尔。我的照片被挂在马丁斯费里公共图书馆的一面墙上。拉尔夫·尼尔可能会认为我成了什么人物。毫无疑问我是,虽然我也不知道是什么。在书上乱涂下自己的名字。我活着时基督垂怜了我;等我死后,正如佛罗伦萨的彼得罗·阿雷蒂诺[1]在临终床前请求神父为他行病人傅油圣事[2]那样,"如今我已被傅油,让我远离鼠群"。

每当我想起拉尔夫·尼尔的名字,我能感受到心底有坚冰破裂。我能感受到一条雀鳝逃进了山泉,那里蝲蛄往炎日下的纯净泉底挖洞取凉。我能感受到对好人拉尔夫·尼尔长久的喜爱,他比我们自己更了解这些糟糕透顶而又十分脆弱的小浑蛋们,他照顾我们比我们照顾自己更用心,他爱我们,我猜测,

---

1 彼得罗·阿雷蒂诺(Pietro Aretino, 1492—1556),意大利诗人、作家。

2 病人傅油圣事(extreme unction),基督教会的一项古老圣事,天主教七大圣事之一,指司铎在危重病人身上涂抹经过祝圣的橄榄油的仪式,象征将病人付托给基督并求赐予安慰和拯救。

他十分清楚我们绝大多数人会变成什么样子，而且后来的确如此，他知道，可是他无论如何都爱着我们。光美利坚这个名字就常常让我感到恶心，但拉尔夫·尼尔是个美国人。这个国家足以把你逼疯。

一只寄居蟹的壳

"哀悼吧，维纳斯和丘比特们"[1]

——卡图卢斯

可爱的小生灵，他的脚尖
触碰白沙，从这边到那边，
没有人能领会他多么微妙
他爬出自身的孤独，死去。

他自遥远的深海流浪至此，
寻觅着自己的名字，
而他找到的唯有你和我
一段易逝的生命和一抹烛火。

今天，你突然离去了。
我坐在这汹涌的地狱里，
这死亡之城中，孤身一人，
举着一枚小小的空壳。

1　原文为拉丁文 "Lugete, O Veneres Cupidinesque"，是古罗马
诗人卡图卢斯的诗歌《哀悼吧，维纳斯和丘比特们》的第一句。
赖特此诗某种程度上特意致敬了卡图卢斯的这首诗，赖特诗中
"触碰白沙的蟹""汹涌的地狱"等元素，和卡图卢斯笔下的"小
雀儿""地府"等都有某种遥远的呼应。

我凝视着他微小的脸庞。
它显得如此庞大而我难以承受。
两个街区外的大海让位于河流。
这两者，都无处不在。

我伸出手，扔掉了光。
在黑暗中抚摸他脆弱的伤痕，
多么遥远，多么微妙，
群星的荒野里的群星。

沉默的天使

我在维罗纳城门的巴士窗户旁坐下，看向我的左肩。一位男子正站在罗马竞技场的粉红色大理石拱门下。他朝我微笑，极甜蜜的姿势，就像一张带着难以掩盖的光芒的脸，抑或一张被爱又回馈你以爱的脸。

他穿得像个音乐家，或许他就是，刚从竞技场上层某个清静凉爽的排练室里出来，在阳光里稍息片刻。

当司机发动引擎，载着我们环绕布拉广场缓缓而行，那名男子在竞技场玫瑰金色的阴影里注视着我。他挥手向我道别，只要还能看到我，他那洞悉世事的眼睛就从来没有离开过我，就连我也不确定过了多久。

他在最后一刻扬起手，尽可能友善地挥手送别我离开维罗纳。他扬起右手像扬起指挥棒，悬停在空中许久，在大理石墙投下的巨大玫瑰花瓣的阴影里。即使他已经消失在了拱门里，我依然能看到他的指挥棒。

哦，我知道那不是指挥棒。我已离得很远了，我能在身后看到的所有事物：不断变小的蝉，椴树，瘦削的雪松上升，羽毛样向上一根叠覆着另一根，越过罗马竞技场进入那不凋的绿色和金色的空间，越过河流和河流之外的群山，这永恒变化的起点，圣马丁的夏天。所有这些树，恒久或短暂地相互混淆着，进入了圣奥古斯丁对时间绝望的永恒里。很久以后，它们仍将持续上升，即便在歌德散步过的朱斯蒂花园里，返回到杂草中，那些我钟爱的蜥蜴或许会留在那里和它们做伴，一两只蜘蛛连日设计而后耐心地建造最精致的废墟。

我再也无法任由自己继续想念阿迪杰河了，因为我太过爱它。微笑的音乐家收拢起双翼。他的指挥棒，此刻又变得漠然，垂依在他的膝盖上。我能想象到，所有其他音乐家都去往河边的山上过夜了，而我的音乐家，那位对我毫无敌意，只是想尽可能轻柔地挥手送我离开他守卫的美丽地方的音乐家，已和原初的蟋蟀一起，在河边睡着了。

我终于远离了城市，紧咬着牙齿，其中有两颗断齿，摩挲着上衣口袋里粉色的大理石残片，强迫自己面朝米兰和它的工厂，伦敦及它的恐惧和无助，此外，最后一个地方，美国纽约，人间地狱。

我感到堕落。既不欣喜，也不走运。

这名音乐家没有为我演奏过一个音符，也没有为我唱过一首歌。他只是尽可能温柔地向我挥别，在离去的路上，这是我自己的路，迷失之路。

也许我曾请求过。而他尽了力，也许。他和我一样未曾拥有这天堂般的城市。他或许堕落，一如我。但从更高的高度，除非我猜错了。

维罗纳

最初的日子

"最美好的日子最先消逝"[1]

清晨，我看到的第一件事

是一只金色大黄蜂

把结实的右肩耕耘进了

枝头低垂的一颗

滚圆的黄梨子腹部。

在他找到果核周围流动的

出乎意料的黑色果蜜之前，

那棵梨树就无法承受了。

梨子熟落在地上，

那蜂半死不活

身子仍在里面。

如果不是我跪下

轻轻地把那颗梨子

切开，它或许会死。

那只蜂颤抖着，恢复了。

或许，我应该把他留在那里

让它淹没在自己的喜悦里。

---

1 原文为拉丁文 "Optima dies prima fugit"，引自古罗马诗人维吉尔（Virgil，约公元前 70—约公元前 21）的诗句。

最美好的日子总是

最先消逝，这可爱地歌唱着的

生长在这如此肖似我故乡的

小镇里的音乐家。

我让那只蜜蜂

飞向了曼图亚边缘的煤气厂里。

季节的果实

　　帕多瓦八月末清新的早晨。一场夜雨之后，新升的太阳恰好足以温暖葡萄、甜瓜、蜜桃、油桃，以及其他即将充满这个巨大广场的水果。穿着鲜艳印花衣服的女人和孩子，在货摊间漫步。

　　在广场遥远的尽头，我能看到时钟塔上的市政钟蓝色和金色的表面。

　　长靴上撒满白色面粉的烘焙师，刚从我右眼的余光中飘过。

　　这是意大利中等城镇早晨最平凡、普通而恒久的形象。

　　不过，在我的左边，我还能一览法理宫的正面全貌。社区在它的二楼安排了大型的油画展，五百年不朽的果实。

　　在此地独有的温柔又狂热的天使下方，男人、女人和他们的孩子陆续从乡间赶来，为我们的闲逛挑选奉上成堆的葡萄、甜瓜、蜜桃、油桃，以及其他这个壮丽季节里不会供应太久的水果。

　　但它们供应得已足够久了。我宁愿过自己的日子，而非相反。小摊上的葡萄像一团烟雾样既大又紫。我刚刚吃了一颗。我吃了这个季节的第一枚水果，我恋爱了。

帕多瓦

钩

那时，我还只是个
年轻人。那个傍晚
天冷得真他妈的
刺骨什么都没有。
什么都没有。我和一个女人
有了些麻烦，但那里什么都没有
只有我和死寂的雪。

我站在明尼阿波利斯的
街角，被翻来覆去
吹打。
风从路坑中吹起
围猎我。
另一趟去圣保罗的大巴
将在三小时后到达
如果我走运的话。

而后，那名年轻的苏族男子
出现在我身旁，他的伤疤
和我的年纪差不多。

这儿得等好久，
才有巴士过来，他说，
你身上的钱
够回家吗？

他们把你的手
怎么了？我答道。
他在骇人的星光里举起他的铁钩
挥砍着风。

噢，你说那个？他说。
我和一个女人处得糟糕。给，
你拿着这个。

你有没有感受过一个男人
把六十五美分
拿在一把钩子里，
然后把它轻轻地
放在
你冻僵的手里？

我收下了。
虽然我需要的不是钱。
但我还是收下了。

美丽的俄亥俄

那些温尼贝戈 [1] 老人

明白自己在咏唱什么。

整个夏日漫长又孤独，

我找到了一条路

去往铁轨上，坐下

在主排污管上方。

它从人们在斜坡上挖好的管道里

涌泻出一道闪光的水瀑。

在马丁斯费里，我的家，我的故乡，

大约一万六千五百人

用光的速度

加速着这条河流。

光捕获了

那道水瀑瞬息里

人们生活的坚实速度。

我知道在大多数时间里

人们怎么称呼它。

---

1 温尼贝戈人（Winnebago），北美洲印第安人的一支，如今主要生活在威斯康星州。

但我有自己的歌谣来咏唱它，

有些时候，就像今天，

我称之为美。

旅 途

夜晚的乌龟

　　我还记得昨日暮色里他的美。天开始下雨，他在经常出现的地方现身，自壳中尽力地伸展——他的脚、四肢、尾巴和头。他看起来很享受那场雨，那些从上阿迪杰的群山一路穿越湖面洒落在他身上的甘甜雨水。就好像是我第一次真正地旁观一只乌龟在完全自然的状态下愉悦地沐浴。我脑海中关于糟糕暮年的所有想象都消散了，颏下耷拉的肌肉，充满仇恨的野蛮鼻孔，谋杀犯样的眼睛。他让我的脑海里充满了甘甜的山雨，他的活力，他独自清洗自己时的谦逊，他虔敬的面容。

　　今晨，许久，我坐在窗边凝视身下的这片草地。片刻之前，草地上还空无一人。此刻，他那斑斓的壳在绿色的阳光里缓慢地上下起伏叹息着。一只黑色看门狗在它的另一边鼻息沉重地酣睡着，但我相信，他们并不害怕彼此。我能看到他昂起了脸。那是一缕迎光挑起的眉毛，下颏一丝难以觉察的转动，一种古老的愉悦，一种渴望。

　　顺着他的脖颈，那些小小的褶皱，暗黄得像是洋甘菊田里颤动的花粉。他脸上的线条仅仅意味着一种放松，一种对草地的微妙理解，那种细致温柔，和我在俄亥俄的一位流浪汉脸上见过的一样，那时，他正在一节货运列车车厢上，向一片空荡荡的麦田挥手致意。

但是如今，那列火车已然消失，那只乌龟也只留下一圈空荡荡的草地。我凝视着他曾出现的地方，许久，都无法在那片空荡荡的草地上找到一丝足迹。如许多的空气，如许多的阳光，都还停留在那里，而他却已消失。

俄亥俄的漆树

到了五月末，俄亥俄南部的空气芬芳，而我却离家甚远。马丁斯费里临河的大地上，是一片开阔的胜地，直到如今，我也不知道它的来由。我故乡小镇上的老父亲们，白发在煤烟和大雪里消失已久，他们数以百计地聚集在巴俄铁路[1]这一侧，声称他们没有用任何刀刃或犁，就把大地撕裂了。或许，早在白发苍苍的父辈们来到此地之前，那条沟壑就已出现，俄亥俄河改变了河道，冰川也消融了。

如今已是五月末，沟坡上的漆树绽放出斑驳的芽苞，忽然，就在我眼前，粗壮的枝叶在和树干相连的地方变成了一片眼花缭乱的殷红。你可以摘掉树叶，但扎根于树身的枝条比扎根于大地的树干更为根深蒂固。

六月来临以前，惠灵钢厂排出的蒸汽、煤烟和粉尘，被阿巴拉契亚山里奇妙又温柔的风沿着俄亥俄河吹送而来，积聚在树干周身。树皮会避开斧头和刀刃。你甚至都无法在漆树上刻下一个女孩的名字。它充满敌意地下定决心独自掌握生死，而你，可以去死了。

1　巴尔的摩-俄亥俄铁路（B&O Railway），1828 年开始铺设。

来法诺的第五天，回应马修·阿诺德[1]

> "与自然和谐共处？不安的愚人……自
> 然和人类，绝不可能成为密友……"[2]

谈论在法诺的这短短五天，抑或漫长的五天或五年，毫无意义。在我准备离开时，感觉好像才刚刚到达。来小心翼翼地拆分另一个不定式，我好像已经在这里度过了永恒或漫长的岁月，比海洋的一生和海洋里所有造物的一生都要漫长，比所有山上草场里的新教堂和所有清澈岸边漂荡的空荡荡的旧贝壳都漫长。在死亡之前与自然短暂的和谐里，我欣然接受那古老的诅咒：

法诺不安的愚人和密友，我自山上的草场里采来这朵野韭菜花。我把它献给亚得里亚海。我并不会断言大海毫不在乎。它有它自己的接收种子的方

---

1 马修·阿诺德（Matthew Arnold，1822—1888），英国近代诗人、教育家、评论家。1857年，阿诺德被选为牛津大学的诗学教授，是这个职位上第一个用英语而不是拉丁语授课的人。

2 引自马修·阿诺德诗作《与自然和谐相处——致一位布道者》第一行和倒数第二行，这首诗主旨在于讽喻那些希望和自然保持和谐的"不安的愚人"。阿诺德诗的最后一节如下："人的起点，搞清楚，就在自然的终结处；/自然和人类，绝不可能成为密友。/愚人，若你不能超越它，那就安息吧她的奴隶！"

式，今天，亚得里亚海或许也拥有一朵盛放的花，一株罂粟漂浮其上，而威尼斯海军在下。再见吧，这充满生机的地方，我对它所有的请求，就是请继续生机盎然吧。

真切的声音 [1]

致罗伯特·勃莱

　　北明尼苏达的地表覆盖着白沙。即使太阳在松林那头坠落，而月亮还没穿过湖水来临，你也可以沿着白色的道路散步。那黑暗是那种你能看穿的黑暗，弥漫在四周深处。无论那里还残存着何种光，它都有足够的空间来四处移动。高大浓密的松林在日落后全都消失了。这就是为何当你的目光在黑暗中感到自如时，那些矮小的蓝云杉会显得如此友好的原因。我从未在月亮升起之前触碰过一棵蓝云杉，因为我怕它用虚假的声音讲些什么。你只能注意倾听一棵蓝云杉在它自己的沉默里说话。

1　1978 年 6 月初的一个早晨，正在意大利西尔苗内旅行的詹姆斯·赖特想起了远在明尼苏达的挚友罗伯特·勃莱，因此，写下了这篇送给勃莱的文字，并将之寄给了勃莱。他在信中说"再次明白你（勃莱）一直都拥有孤独的伟大天赋"。

冰屋

　　这屋子实际是间地屋，深藏在老贝尔蒙特啤酒厂的塔楼下。我父亲的大肩膀从外面使劲儿拉开门，那个大肩膀的冰人儿也弯下身子帮忙。门缓缓地后退。我和哥哥害怕又兴奋地走了进去，把摊开的手掌放在潮湿的黄色锯末上。外面的太阳把铁路旁窝棚上波状屋顶的油漆晒起了泡；我们站在那里，呼吸着那奇异冬天升腾的蒸气，而后用我们的马车运走那颗五十磅重的巨大钻石，那个老人给我们每人削了参差不齐的一大块，而后走到我们身后，他的手那么平静，为我们颤抖着，小心翼翼地颤抖着。

旅 程

安吉亚里属于中世纪，一条袖套斜飘下
陡峭的山丘，突然被卷走
飞向了悬崖边，渐渐变小。
远处的山上，小镇背后，
我们也被卷走了，被风卷走了，
去和托斯卡纳的草独处。

风连日刮过山峦
所有事物都蒙尘变成了灰金色，
我们看到的所有事物，就连
沿路奔跑的孩子，
他们对着一只笼中小鸟叽喳意大利语。
我们坐在他们旁边，在灌木丛里休憩，
我俯下身子，冲洗脸上的灰尘。

我发现那里有一张蜘蛛网，尘土
在它的节点上沉重剧烈地摇晃着，
这所有的土丘和坟墓，把影子
低垂散落在虫壳和翅翼间。
而后，她走向悬空的中心，

纤细又严谨，阳光的金发
披在她肩上，她在那里泰然自若，
即使有废墟在她的身侧坍塌。
她摆脱了灰尘，就好像片刻前
已去到地下，沐浴清洁了自身。

我凝视着，靠近她，直到她
在她觉得合适的时刻离开。

许多人
找遍了托斯卡纳，都没找到
我发现的事物，光的心脏
本身就有壳和叶子，在游丝上
保持着自身坠落时的平衡。
这段旅程的秘密，
就是让风把尘土吹遍你的周身，
让风继续吹，轻轻地，轻轻地踏上
穿越你自身废墟的所有道路，还有，
不要为死者失眠，他们一定会
埋葬自己，不必忧虑。

蝴蝶鱼

不到五秒前，我看到他迅疾地翩飞
因一阵强烈的战栗而颤动。
他消失了。
只留下这片清澈深邃的珊瑚礁
在属于他的时刻之间。
现在，他在这儿，回来了，
缓慢，慵懒。
他已明白自己充满活力足以把我单独丢在这里，
他俯视着，守护着他的空山。
享受着从容的奢侈，在高大珊瑚礁上吃草，
苗条得像一匹种马，安然于远处的山坡间，
他的另一个世界，在那里我看不到
他隐秘的脸。

是的，但是

即使那是真的，
即使我死且被埋在了维罗纳，
我相信我也会出来，在沁凉的泉水里
清洗自己的脸。
我相信我会出现在
正午到四点之间，那时，
几乎每个人都在睡觉或做爱，
所有德国人都会让摩托车熄火
息声，上锁链，停着不动。

丰满的蜥蜴沿着来自圣乔治山的阿迪杰河，
爬出来，端详着，
不为诱惑所动，穿过水面。
我会坐在它们中间，和它们一起
不去理会那些金色的蚊子。
为什么我们坐在阿迪杰河边，还要去毁灭
任何事物，就算那是我们的敌人，就算那是上帝
安排在阳光下毫无防备为我们闪耀的
猎物？
我们不疲惫。我们也不愤怒，不孤独，

不伤感。

我们愉悦地，愉悦地相爱着。我们知道自己在闪耀，

即使我们看不到彼此。

风不会吹散我们，

因为，很久以前，

我们的肺叶早已掉落，漂走了

顺着阿迪杰河，像树叶一样。

我们呼吸着光。

宝 贝

　　我父亲去世时年届八十。他在生命的最后所做的事情之一，是称呼他五十八岁的女婿"宝贝"。20世纪30年代初的一个下午，我仰头撞在山脚下的一堵墙上，流血了，我相信单是看到自己的血那就是生命的悲剧意味。我听到父亲说要杀了他未来的女婿。他的女婿就是我的姐夫，名叫保罗。这两个成年男子挣脱我，他们都明白生活艰辛。他们打斗，并非因为保罗对我姐姐的爱；他们彼此打斗，是因为一个强壮的男人——工厂工人，丢了自己的工作；而另一个强壮的男人——煤卡车司机，也丢了自己的工作。他们都决心活出自己的生活，所以，他们怒视着彼此，说他们要让生活继续下去，哪怕山崩河溢。河溢在南俄亥俄可不是套话。在一条河边没有什么是套话。我的父亲死得其所。死得其所意味着活出了自己的生活。我没说是美好的生活。

　　我说的是生活。

带着我在佛罗伦萨找到的新笔记本作为礼物

桥的另一边，

阿诺河上，

穿过维琪奥桥，穿过

皮蒂宫对面的街，在花园下方，

城堡的影子下，

我发现了这册笔记本，

这座城市的秘境，就在

那座来自菲耶莱索的山脚下。

还没有人步行穿过并坐在

这棵梨树树影边缘

细嗅大自然花朵的气息，而不惊扰

它们，不惊扰这深沉的地方。

这些纸页里有光的精灵，

只有你的手触碰了它们，

它们才会开花，结果。

而后，这册笔记本会变得

越来越明亮，随着季节推移。

但是，目前，这片领地还只是

一个属于雪的秘密。

此刻，这片细长的领地还只是
一方河边的小坡，泛白的河水
像要把它映照出的一切
都变成雪。
那种人们缓慢地像俄亥俄
闪闪发光的早晨上学的儿童
穿行而过之前的，雪；
或者飞快地像气喘吁吁的银貂
在明亮地面不确定的路线里
飞奔而过，在白茫茫的大地上
缝补出一串针脚，而后忽然消失
如身后散开的雪花之前的，雪。

雪白和鲜红的花朵静静地盛开
在这片领地边缘，
如今即便他们不生长在那里也没关系。
因为它们曾在那里生长得
足够久长，足以让空气
在它们消逝后依旧鲜艳动人。

我或许能够想象
这里那些还没长成的树木。

我不会惊扰它们寻找自己的
方式，就像迷失在雪花云里的幼苗。
我不愿惊扰它们，即使，
在我的想象里，或许，更好的是，
把它们留给你。

离开尼姆的神庙 [1]

千真万确，

我和这条小溪迎面相遇了。

沿着仍集聚在狄安娜神庙里

冬日苔藓的潮湿幽暗，

我来到那棵一如既往古老而夺目的

巨大伞松旁，

林立的奇石间。

我站在如此幽深的小径上

看不到树顶。

但有一根藤蔓把它鲜活的叶片

一路垂到我手上。故而，我带走了

四片常青藤叶子：

向那位高挑白皙的少女致谢，

她仍在松树后某处散步，

和她的猎犬一样苗条。

向那位孤独的诗人致敬，

1　尼姆是法国南部加尔省省会，这里有古罗马时期供奉月亮和狩猎女神狄安娜神庙（Temple de Diane）的遗址，该遗址位于法国国王路易十五命人于1745年设计建造的圣泉庭园（Jardin de la Fountaine）里。

奥索尼乌斯[1]，南部山地的爱慕者

在进入这片圣地之前，

他喝下了这神圣的泉水，

然后沿着水流，慢慢地

为他拉丁文热诚的银色调音。[2]

我会寄一片常青藤叶子，冬日的绿，

回家，给我认识的一位美国姑娘。

我曾在梦中瞥见过她，

她新奇的黑发飘飘。

只露出了面容的一角

掩映在她采撷的一满捧银柳里，

在春天，费城的斯库尔基尔河边，

生机盎然。

她会带着这片狄安娜松的常青藤叶，

当她看向卡姆登，看向河对岸时，

沃尔特·惠特曼，这忠贞的漂泊者就在那里

在橡树林，雨，铁路和战场之间，

昂着他可爱的脸

朝向月亮，使之成为了

1　德西穆斯·马格努斯·奥索尼乌斯（Decimius Magnus Ausonius，约310—约395），古罗马诗人。
2　赖特曾评价奥索尼乌斯的语言（拉丁语）是流畅的、闪闪发光的银色，是由他所写的水域调音的。

一片亲切的废墟。

那纯真的女猎手会在天黑后降临，

拂去火车的烟尘，不惊扰

那植根于丑陋之地

纯洁且慈爱的老人，

和在凋零的银柳间露出面容

携着一枚常青藤叶的姑娘。

旺斯上方的冬日拂晓 [1]

夜晚的气流

堆积在我的身下和背后，

自山上滑落，又升起，

在房顶上筑起怪异的小沙丘。

在下方的山谷里，

我和圣让内 [2] 相隔数英里，

路灯发出暗淡的光。

它们不易察觉，近乎漆黑。

卡车和轿车

在下方绿色暖房的金色棺材之间

或咔咔或嗡嗡地作响，

一只公鸡惊恐的叫声沉重地穿过

一片树林，湮没不闻。

一只好怒的狗发出低沉的咆哮，

一个人痛苦地转动着坏掉的齿轮。

1　1978年，詹姆斯·赖特第二次获得古根海姆奖金，因此当年
12月下旬，赖特夫妇前往巴黎访学，并在次年一月的一个周末
拜访了好友、诗人高尔韦·金内尔在旺斯租住的乡村别墅。一个
寒冷的晚上，赖特登上山顶，并写下了这首诗。
2　旺斯（Vence）和圣让内（St. Jeannet）相距十数公里，都是
位于法国东南部阿尔卑斯滨海省（Alpes-Maritimes）的海滨度假
小镇。

真正的黑夜仍在继续，雾气里
弥漫着它自身杂乱的喧嚣。

此刻的山坡上，
一条下山小路穿行在翻飞的岩石间，
一片广场成形在朦胧的墙边。
我听到一只水桶或其他什么响声，刺耳，
除此之外，那栋模糊的牧羊人房舍背后
别无他物。我想象着
他的山羊仍在沉睡，
梦见了新鲜的玫瑰
开满它们身下绿色暖房的围墙
梦见了莴苣叶子在突尼斯伸展。

我转过身，不知为何
不可思议地盘旋在空中在万物之上，
地中海熠熠生光，
比这座山离月亮更近。一个声音清晰地
告诉我要振作起来。高尔韦
在屋外低语着，爬上石阶
去发动汽车。月亮和群星
蓦然闪烁着落下，而后整座山
显现，苍白得像一枚贝壳。

看，大海并未坠落，并未撞毁
我们的头颅。我为何感觉如此温暖
这可是一月的死亡中心？我几乎
不敢相信，但我必须相信，这
是我唯一的生命。我从石头中起身。
身体发出不得体的声音，伴随着我。
此刻，我们都不可思议地安坐于此，
在阳光之巅。

詹姆斯·赖特年表[1]

　　1927 年 12 月 13 日，詹姆斯·赖特出生于美国俄亥俄州贝尔蒙特县马丁斯费里市阿特纳维尔区的联合大街。

　　马丁斯费里是俄亥俄河西岸的工业城镇，形成于 18 世纪末，也是俄亥俄州最古老的定居点，距西弗吉尼亚州惠灵市 10 公里内，是惠灵都市圈重要组成部分。

　　詹姆斯·赖特的父亲达德利·赖特（生于 1893年），是惠灵的黑兹尔-阿特拉斯玻璃厂的模切工，工作了一辈子；母亲杰茜·莱昂斯·赖特（生于1897 年）来自西弗吉尼亚州一个贫穷的农业大家庭。

　　詹姆斯·赖特是家中次子，兄弟姐妹包括收养的姐姐玛吉（生于1918 年）、哥哥特德（生于1925 年）和弟弟杰克（生于 1934 年）。

1　整理自乔纳森·布隆克所著赖特传记作品《詹姆斯·赖特：诗歌里的一生》，及安妮·赖特、桑德拉·罗丝·梅丽与乔纳森·布隆克合编的《野性的完美：詹姆斯·赖特书信选》。

1932 年—1941 年，在马丁斯费里的公立学校上学。

大萧条和"二战"初期，赖特一家在镇上频繁搬迁；在父母的鼓励和支持下，他养成了读书和对足球的爱好。

1936 年 3 月，赖特 8 岁，俄亥俄河爆发了赖特家乡有史以来最具灾难性的大洪水。

1938 年，赖特 10 岁，读到了拜伦的诗，这是他诗歌想象和志向的起点之一。当时，赖特较多阅读和接触的诗人包括詹姆斯·赖利、雪莱、布莱克、叶芝等。

1940 年，赖特 12 岁，开始写作"十四行体"，从高中到后来服役，赖特写作了上百首十四行诗。

1942 年，关系密切的外祖母伊丽莎白·莱昂斯去世。因精神崩溃而缺课一年。

1943 年 9 月，重返高中校园，决心要上大学。

赖特在高中拉丁文老师海伦·麦克尼利·谢里夫（Helen McNeely Sheriff）的影响和鼓励下，开始大量阅读和翻译拉丁语诗人如卡图卢斯等的作品；而英文老师伊丽莎白·威勒顿·埃斯特利（Elizabeth

Willerton Esterly），则为赖特打开了俄语文学和古典音乐的新世界；赖特和这两位良师保持了终身的友谊。

1946 年 6 月，赖特高中毕业后立即申请加入美国陆军，并随军驻扎在日本神奈川县座间市（Zama），在此之前，他第一次去美国各地旅行。

1947 年秋，退伍，回到了父母的新家——马丁斯费里以西约 20 公里的一个小型自给农场。

1948 年 2 月—1951 年 1 月，赖特借助《退伍军人权利法案》，申请进入位于俄亥俄州甘比尔市的凯尼恩学院学习。

在凯尼恩学院，赖特得以跟随"新批评派"领军人物约翰·克罗·兰色姆等名师学习，同时也结识了诸如诗人罗伯特·梅齐（Robert Mezey）、作家 E.L. 多克托罗（E. L. Doctorow）等亲密朋友。他也学习并精通了德语，开始翻译歌德、海涅、黑塞、里尔克等人的作品。

1952 年 1 月，撰写了关于托马斯·哈代的论文，以"极优等"（magna cum laude）的成绩从凯尼恩学院毕业。

2 月，在马丁斯费里与高中同学利伯蒂·卡杜勒斯（Liberty Kardules）结婚。春季学期在得克萨斯州西部私立中学特尼学校任教。

9月，获得富布赖特奖学金后启程前往欧洲，在维也纳大学学习德国文学。

包括《父亲》在内的一组诗歌被兰色姆接受并发表于《凯尼恩评论》，并获得当年的罗伯特·弗罗斯特诗歌奖。

1953年，翻译西奥多·斯托姆（Theodor Storm）的作品，并接触到格奥尔格·特拉克尔的诗歌。

3月，儿子弗朗兹·赖特在维也纳出生。

6月，全家返回美国。

1953年9月—1956年，进入西雅图的华盛顿大学，就读研究生。

跟随西奥多·罗特克及斯坦利·库尼兹学习；诗人卡洛琳·凯泽（Carolyn Kizer，1925—2014）、理查德·雨果（Richard Hugo, 1923—1982）、戴维·瓦戈纳（David Wagoner, 1929—2021）等是他的朋友和同学。与唐纳德·霍尔（Donald Hall）建立了终生通信和友谊。

开始频繁在全国性期刊和杂志上发表诗歌及批评文章。

获得诗歌硕士学位后继续攻读博士学位，研究英国小说尤其是狄更斯，博士论文导师是韦恩·伯恩斯（Wayne Burns，1916—2012）。

1956 年初，提交诗集《绿墙》（*Green Wall*）手稿参与"耶鲁青年诗人奖"角逐，获得 W.H. 奥登首肯而胜出。

1957 年，《绿墙》作为"耶鲁青年诗人奖"获奖诗集，由耶鲁大学出版社出版。

9 月，开始在明尼阿波利斯的明尼苏达大学任教。同事包括批评家艾伦·泰特、约翰·贝里曼（John Berryman，1914—1972）和萨拉·杨布拉德（Sarah Youngblood）。从事里尔克作品的翻译工作。

1958 年，获得凯尼恩学院奖学金，暂时从教学中解脱出来，以完成博士论文。

与詹姆斯·迪基建立通信和友谊。

认识了一生挚友罗伯特·勃莱夫妇，并开始在周末经常去勃莱在明尼苏达州西部的农场；与勃莱一起从事特拉克尔作品的翻译工作。

7 月 30 日，次子马歇尔·赖特出生。

1959 年，第二部诗集《圣犹大》（*Saint Judas*）由维思大学出版社出版；获得"国家文学与艺术学会奖"（National Institute of Arts and Letters award）。

完成博士论文《青年狄更斯的戏剧想象力》，获得华盛顿大学博士学位。

婚姻出现问题，和妻子首次分居。

夏天，因精神问题入院治疗。

1960年—1961年，与罗伯特·勃莱合译的《格奥尔格·特拉克尔诗选二十首》由勃莱创办的"六十年代出版社"（Sixties Press）出版。

撤回已被维思大学出版社接受出版的新诗集《石头的福利》（*Amenities of Stone*）手稿。

赴北达科他州法戈市的穆尔黑德州立大学（Moorhead State University）担任暑期教学工作。

和罗伯特·勃莱一起时常往返于威廉·杜菲位于明尼苏达松岛的农场，许多最有影响力的诗篇如《祝福》《在明尼苏达松岛，我躺在威廉·杜菲家农场的吊床上》等都创作于这段时间。

1962年，和利伯蒂·卡杜勒斯离婚；利伯蒂带着两个儿子于当年8月搬去了旧金山。

与罗伯特·勃莱、约翰·诺弗尔（John Knoepfle）合译的《塞萨尔·巴列霍诗选二十首》由"六十年代出版社"出版。

1963年，第三部诗集《树枝不会折断》（*The Branch Will Not Break*）由维思大学出版社出版。

5月，被明尼苏达大学解聘。

9月，去位于明尼苏达州圣保罗市的玛卡莱斯特学院（Macalester College）任教。

1964年，赖特翻译的西奥多·斯托姆的中短篇小说选《白马骑士》由新美国图书馆（New American Library）出版，该书编辑为赖特好友、作家 E.L. 多克托罗。

1965年春天，前往加利福尼亚探望两个儿子；年末回俄亥俄探望父母；稳定创作新诗集。

1966年，参加罗伯特·勃莱和大卫·雷（David Ray，1932— ）在美国各地组织的"诗人反越战"阅读会。

秋季，赴亨特学院任教并成为终身教授，开设英国文学和人文课程。

认识并开始追求伊迪丝·安妮·伦克（Edith Anne Runk）。

1967年4月，与安妮结婚。

赴威斯康星大学密尔沃基分校教授夏季课程。

1968年，第四部诗集《我们能否在河边相聚》（*Shall We Gather at the River*）由维思大学出版社出版。

和罗伯特·勃莱合译的《巴勃罗·聂鲁达诗选

二十首》由"六十年代出版社"出版。

继续在威斯康星大学密尔沃基分校教授夏季课程。

1969 年，赴纽约州立大学水牛城分校教授夏季课程。进行全国各地巡回阅读。

1970 年，获得洛克菲勒基金会和英格拉姆·梅里尔（Ingram Merill）基金会经费支持，摆脱了一学期的教学工作；与安妮一起到意大利、法国、奥地利和南斯拉夫旅行两个多月。

译著赫尔曼·黑塞的《诗集》由 Farrar, Straus and Giroux 出版。

1971 年，第五部诗集《诗集》（*Collected Poems*）由维思大学出版社出版，凭借该诗集获得当年普利策诗歌奖。当选美国诗人学会会员；受邀加入美国国家艺术文学院。

与长子弗朗兹·赖特合译的赫尔曼·黑塞诗歌和散文集《漂泊》由 Farrar, Straus and Giroux 出版。

1972 年 5 月，赴西雅图参加纪念西奥多·罗特克诗歌朗诵会。获得由美国诗歌协会颁发的梅尔维尔·凯恩奖（Melville Cane Award）。

1973 年，第六部诗集《两位公民》（*Two Citizens*）由 Farrar, Straus and Giroux 出版。

在英国、法国、意大利和奥地利旅行七个月；开始散文创作，散文成为赖特这阶段作品的核心。

8 月，父亲达德利·赖特去世。

1974 年 3 月，母亲杰茜·莱昂斯·赖特去世。

5 月，被凯尼恩学院授予人文学荣誉博士学位。

继续赴纽约州立大学水牛城分校教授夏季课程。

9 月，由于精神压力和疲惫入院治疗；出院后，开始参加戒酒会。

1975 年，《巴黎评论·诗人访谈》第十九期刊出赖特访谈及近作。

1976 年，赴檀香山夏威夷大学教授夏季课程。

1977 年，第七部诗集《致一棵开花的梨树》（*To a Blossoming Pear Tree*）由 Farrar, Straus and Giroux 出版。

4 月，参加贝蒂·克雷（Betty Kray）在纽约举办的中国诗歌研讨会。

整个夏季，都在法国和意大利旅行。

1978 年，秋季学期赴位于纽瓦克市的特拉华大学担任特邀教授。

第二次获得古根海姆奖学金，于年末开始九个月的欧洲旅行。

1979 年，在法国和意大利各地旅行。

9 月，返回纽约，在亨特大学执教。

10 月，在哈佛大学进行最后一次公开朗读。

12 月，慢性喉痛被诊断为舌癌。

1980 年 1 月，进入曼哈顿的西奈山医院接受治疗。

完成第八部、也是最后一部诗集的手稿，在病床上决定了诗集名称:《旅途》(*This Journey*)。

3 月 25 日 9 点 30 分，去世。

葬于纽约市布朗克斯区的伍德朗公墓(Woodlawn Cemetery)。

译后记

　　翻译詹姆斯·赖特的工作始于 2015 年，起初，只是我个人"深度阅读"的一种尝试，意图借此管窥赖特如何在诗歌中重新发明"此时此刻"，如何在诗歌中重新唤醒我们乃至世界的"感官"。后在好友、诗人张尔的鼓励下，决定整理编选一本赖特诗选，毕竟，这样一位在"二战"后英语诗歌大转向中发挥过不容忽视的重要作用的诗人，迄今仍未有专门的汉语译本出版。

　　之所以选择这个选本，是因为它的篇幅和选诗都堪称精当，它的两位编选者对赖特的人生和诗歌的理解和把握也无可替代：安妮是赖特的遗孀和人生最重要的伴侣；勃莱和赖特是美国"深度意象"诗歌的"双子星"，他们的友谊也堪称美国诗坛的"元白"。对于赖特人生和诗歌的行进和演变以及赖特的诗歌意识和实践路径，勃莱在代序中也都进行了深刻的剖析和介绍。

　　诚如安妮·赖特在前言中所言，这本选集完全可以胜任我们了解赖特诗歌的"向导"。希望借由这本诗选，我们不仅可以走近赖特这样一位如此重要的诗人，也同样可以了解20世纪中叶英语诗歌那场持久、深入的变革，启发我们如何使诗歌和语言能持续地"照亮生活"。

詹姆斯·赖特的诗歌写作强调重新发明"此时此刻"，因此，我必须感谢两本重要的参考书：乔纳森·布隆克所著的赖特传记《詹姆斯·赖特：诗歌里的一生》（*James Wright: A Life in Poetry*）及安妮·赖特、桑德拉·罗丝·梅丽及乔纳森·布隆克合编的《野性的完美：詹姆斯·赖特书信选》（*A Wild Perfection*），这两本书对于准确理解赖特的具体写作背景作用巨大，在这里也推荐给可能对赖特感兴趣的同好。

这本诗选在翻译过程中得到了许多朋友的帮助，感谢诗人顾爱玲（Eleanor Goodman）以及我的好友杨雅丽，她们都提前通读了全部译稿，并提出了许多非常中肯和宝贵的意见。感谢我的挚友、诗人胡桑，在出版前夕，他和我一起"闭门"进行了全书核对，过程中对于翻译观念和诗歌意识的碰撞，收获和乐趣已超出了具体译文。感谢雅众文化和方雨辰女士，是她最终促成了出版。最后，特别感谢责编傅小龙细致入微又不厌其烦的编辑工作。

赖特的诗歌语言精微，翻译只能是一种"努力靠近"的尝试，译文中的不妥和疏漏之处，请不吝批评和指正。

图书在版编目（CIP）数据

再度唤醒世界：赖特诗选 / (美) 詹姆斯·赖特著；
(美) 罗伯特·勃莱，(美) 安妮·赖特编；厄土译. ——
北京：北京联合出版公司，2023.10（2025.6重印）
ISBN 978-7-5596-7154-7

Ⅰ.①再… Ⅱ.①詹… ②罗… ③安… ④厄… Ⅲ.
①诗集—美国—现代 Ⅳ.① I712.25

中国国家版本馆 CIP 数据核字（2023）第 164862 号

北京市版权局著作权合同登记　图字：01-2023-4577

再度唤醒世界：赖特诗选

作　　者：[美] 詹姆斯·赖特
译　　者：厄　土
策划机构：雅众文化
策 划 人：方雨辰
出 品 人：赵红仕
特约编辑：傅小龙　姚丹齐
责任编辑：龚　将
装帧设计：山川制本 workshop

北京联合出版公司出版
（北京市西城区德外大街83号楼9层　100088）
北京联合天畅文化传播公司发行
山东临沂新华印刷物流集团有限责任公司印刷　新华书店经销
字数65千字　1092毫米×787毫米　1/32　7.75印张
2023年10月第1版　2025年6月第4次印刷
ISBN 978-7-5596-7154-7
定价：58.00元